Bahar-Lan

はるかなるアフガニスタン

アンドリュー・クレメンツ／著
田中奈津子／訳

講談社

はるかなるアフガニスタン

目次

装画　ｈｉｒｏｋｏ
装丁　脇田明日香

第1章　カブールの北の丘《おか》で

サディードは、となりの部屋でどんな話をしているのか、こっそり聞いたりしてはいけないことくらいわかっていました。古い木のとびらの下のほうにある割《わ》れ目《め》から、のぞき見してもいけないことも。だけど、あの人たちはぼくのことを話しているにちがいない——そうでなかったら、村長の家に来なさいなんて、先生がいうはずないんだから。

マフムード・ジャファリ先生は、多くを話しませんでした。

「午後四時に村長の家に来てほしい。きょう、村長と議員たちが会議をするのだが、わたしも同席することになっている。もしかしたらきみを呼《よ》ぶかもしれないんだ。」

先生はぼくを特別賞か何かに推薦《すいせん》してくれるのかなと、サディードは思いました。ありえないことじゃないぞ。村の長老たちは、カブールにできた優秀《ゆうしゅう》な学校に入るための奨学金《しょうがくきん》を、ぼくにくれるつもりなんだ。ぼくは毎日青いズボンと清潔《せいけつ》なワイシャツを身につけて学校に通い、自分のコンピューターも持って、いつの日かアフガニスタンの指導者《しどうしゃ》となる教育を受ける。父さんも母さんも、さぞ喜んでくれるだろう。こんなにすばらしいチャンスはない。ぼくはじゅうぶんそれに値《あたい》するんだ。

サディードがとびらの割れ目からのぞくと、七人の男の人が見えました。低いテーブルを囲んで、クッションにすわり、お茶をすすっています。天井《てんじょう》からは電球が下がり、二本の電気コードが、外のガソリン発電機につながっています。マフムード先生が村長に何か話していますが、こちらに背中《せなか》を向けているので、何を話しているのか聞き取れません。

先生が話し終わると、サディードの知っている、ハッサン・ジャジーという人が話し始めました。ハッサンは村の市場にある父さんの店に、週に一度は立《た》ち寄《よ》ります。そんなときたまに、ソ連との戦争（注・一九七九～一九八九年）では、自由戦士としてどんなふうに戦ったか、サディードに話してくれます。ある日、ソ連製《せい》の手榴弾《しゅりゅうだん》で指が二本吹《ふ》き飛《と》ばされた右手を見せてくれたことがあります。その手でよくあごをさすっていたハッサンが、同じようにあごをさすりながら、口を開いたのです。

「おれにはむずかしいことはよくわからん。」ハッサンはいいました。「時代の流れを止めるつもりもない。だが、おれたちは伝統《でんとう》に守られているんだ。子どもだってそうさ。

先生がいっていることは、正しいこととは思えないね。」

全員の目がマフムード先生に向けられました。先生はぐるりと見まわすと、せきばらいをして、さっきより力強い声で話し始めました。おかげでサディードにも聞き取れました。

「伝統については、たしかにハッサンのいうとおりです。」

先生はことばを切ると、明るい緑色の封筒《ふうとう》をかかげました。三枚《まい》の切手はどれも小さなアメリカの国旗。封筒の表には、かわいらしいピンク色のチョウのシールが二枚貼《は》ってあります。

先生はいいました。「しかし、礼儀正《れいぎただ》しさもわれわれの伝統でしょう。ですから、アメリカの女の子から来たこの手紙には、村の学校のだれかが必ず返事を出すべきです。そしてそれには、いちばん優秀で、英語のできる生徒が書くのが、もっとも礼にかなうと思います。その生徒とは、サディード・バヤトです。」

サディードはひどくがっかりしてしまいました。パンシール地方のこの村の長老たちの耳に、ぼくの名前が届《とど》いたのはなんのため？　特別賞へ推薦されるため？　とんでもない。手紙を書くためだって。しかも女の子に。

ハッサンがまたあごをさすりました。そして、首を横にふりました。

「その手紙は女の子からじゃないか。男の子と女の子が手紙のやりとりなんかしてもいいのかね？　だめだろう、そんなこと。返事を出すんだったら、だれか女の子に書かせるべきだ。そのほうがいい。」

とびらの外では、サディードがうんうんとうなずき、「そのとおり！」とささやきました。

先生がまた話し始めました。

「たしかに、ハッサンのいうことはもっともです。しかし、手紙の返事をアメリカに出すということは、この村を代表する、いや、この国を代表することになるんです。それなのに、文章がへただったり、つづりや文法にまちがいがあったりしてもいいんですか？　サディード・バヤトという子は、みなさんもご存知《ぞんじ》かもしれませんが、小麦商のザキールの息子《むすこ》で、とてもいい子です。作文の力もすばらしく、われわれの代表として申し分ありません。サディードが手紙を書けば、アフガニスタンの子どもはみんなほめられるでしょう。ですから、なんの問題もないと思います。それに――。」

村長が片手《かたて》をあげたので、先生は口をとじました。

村長がいいました。「この手紙の件《けん》について、サディードにはもう話したのかね？」

「いいえ。」と、先生。「その前にみなさんの意見を聞こうと、うかがったのです。」

「そうしてもらってよかった。」村長はうなずくと、議員たちをぐるりと見わたしました。「村でいちばん優秀な生徒が返事を書くべきだ、という意見には賛成《さんせい》だ。そして、手紙をやりとりするのは女の子のほうがいい、という意見にも賛成だ。」

そういうと、村長はマフムード先生のほうを向きました。「サディードには妹がいるね？」

「はい。」先生はいいました。「アミーラといって、二歳《さい》下です。」

村長はにやっと笑いました。

「そうだな。アメリカの女の子に手紙を書く役目は、アミーラにしてもらおう。そして、村いちばんの優秀な生徒が、そのめんどうをみる。手紙がすばらしいものになるように、目配りをさせるのだ。だが、実際《じっさい》に書くのはアミーラ。そうすればすべてうまくいく。もちろん、国の恥《はじ》にならないように、先生にはじゅうぶん気をつけてもらわねばならない。」村長は、マフムード先生の顔をのぞきこみながらいいました。「約束できるかね？」

先生はうなずきました。「はい、たしかに。」

「では、決まりだ。」村長はいいました。「さあ、お茶のお代わりをいただこう。」

十五分後、先生が玄関《げんかん》ホールに出てきたとき、サディードは細長い木のベンチにこしかけていました。ベンチには、長老たちに話をするためにやってきた二人の男の人もすわっていました。サディードは立ち上がると、先生のあとからホールを歩き、玄関を出て中庭を突《つ》っ切《き》り、鉄の門を抜《ぬ》けて大通りへ出ました。

先生は大通りで立ち止まると、にっこり笑っていいました。

「来てくれてありがとう、サディード。きみにめんどうをかけることにならずにすんだよ。父さんの手伝いに行くのに急いでいるとは思うが、ひとことだけ。あした、学校で話したいことがある。大事な仕事を手伝ってもらいたいんだ。」

サディードは一生けんめい、なんだろうという顔を作りながら、うなずきました。

「それじゃ、気をつけて。」先生はいいました。

そして、小さく頭を下げると、先生は右へ曲がり、学校のほうへ帰っていきました。先生は学校で仕事をしているだけでなく、校舎《こうしゃ》の裏《うら》にくっついて建っている部屋に住んでいるのです。

サディードは反対に曲がると、市場へ向かいました。放課後は毎日お父さんの店を手伝っているのです。店は少なくともあと一時間はあいています。

大きな男の人がまたがった小さなロバのうしろを歩きながら、サディードはさっき聞いたことを思い返していました。この先、名誉《めいよ》なことはなんにもありません。でも、村長がサディードのことを〈村いちばんの優秀な生徒〉といっていました。それはうれしいことです。

それから、あしたのことも考えました。アミーラを手伝ってほしいと先生にいわれたら、驚《おどろ》いたふりをしなければなりません――たった今、なんだろうという顔を作ったように。

けれど、それより何よりわからなかったのは、アメリカの女の子に手紙を書くことを、先生はどうして〈大事な仕事〉だなんていうのだろう、ということです。

だって、そんなこと、いかにもばかばかしいじゃありませんか。

第2章　イリノイ州のまん中で

アビーはもうずいぶん高いところまで登ってきました。でも、それは考えないようにして、ロッククライミング用シューズのゴムのつま先を、穴《あな》に押《お》しこみました。そして、左手でこぶをしっかりにぎると、背中《せなか》をそらして右腕《みぎうで》を出《で》っ張《ぱ》りの上にのばし、つかむところがないか探《さぐ》りました。

手をのばしていると、ヘルメットのひもが引っぱられて、あごに食《く》い込《こ》みます。額《ひたい》に吹《ふ》き出《で》た汗《あせ》がしたたり、鼻の先から落ちていきました。はるか下へ。一度でもすべったり、まちがった動きをすれば、この岩登りは終わりです。ロープをつけているので命は助かるかもしれないけれど、落ちれば負けなのです。この山に負けたことになるのです。アビーはそんなことにはがまんできません。

風は吹いていませんし、急上昇《きゅうじょうしょう》するワシの鳴き声もしません。太陽も照りつけていません。アビーの集中力をじゃまするものは何もないのです。いちばん上までたどりつくのを妨害《ぼうがい》するものは、幅《はば》五十センチの出っ張りだけ。この小さな灰色《はいいろ》の出っ張りが、ヘルメットのてっぺんをこすっています。

右手が突起物《とっきぶつ》にさわりました。こぶです。こぶには四本の指がひっかかるくらいのグリップがあります。

けれど、右手をいっぱいにのばすために左手を離《はな》し、両足のつま先を穴から出したとしたら、はたして右手の四本の指はしっかりこぶをつかんでいられるでしょうか？　そして、両足をぶらぶらさせたまま、左手で上のほうのこぶを探《さが》すのに、持ちこたえられるでしょうか？　もし左手がこぶを見つけたとしても、新しい足場にたどりつくように、体を引き上げる力は残っているでしょうか？

方法は一つしかありません。

まだ左手はこぶをつかんだまま、アビーは腰《こし》のベルトにぶら下げているチョークバッグに、右手をつっこみました。白い粉が汗を吸《す》い取《と》り、手はキュッキュッというくらいかわきました。アビーはもう一度右手をのばしてこぶをしっかりにぎると、左手を離し、つま先を穴から出して、なるべくぶらぶらゆれないように保《たも》ちました。

四本の指だけでぶら下がりながら、アビーは頭をそらして上のほうのこぶや穴を探しました。ありました、ありました。アビーは右腕で体を引き上げ、左手をのばしましたが、つぎのこぶにはあと三センチ届《とど》きません。一キロにも等しい三センチです。

右手の力が抜《ぬ》けてきました。アビーは思い切り左手をのばしてみましたが、足がはげしくゆれただけでした。そのため、右手の指にはさらに負担《ふたん》がかかり、それでおしまいになりました。

アビーはあっというまにまっさかさまに落下しました。ロープがピンと張って体を支《ささ》えます。アビーは灰色の壁《かべ》に向かってぐるぐるまわっていましたが、もうだいじょうぶ。両手でロープをにぎり、衝撃《しょうげき》をおさえるために足を曲げていました。

八メートル下で、インズリー先生が笛を吹きました。「ジャン、キャリー、アビーをおろしてやってくれ。」

五秒後には、アビー・カーソンはフリークライミングの壁の横に両足で立っていました。一時間めの体育の授業《じゅぎょう》でのことです。


アビーがこんなに高いところに登るのがすきになったのは、きっとここ、アメリカ・イリノイ州の中部の土地がまっ平らだからなのでしょう。アビーだけではありません。町じゅうの子どもたちが、高いところに登るのに夢中《むちゅう》なんです。

アビーの兄さんのトムは、三十六メートル以上もある町の給水塔《きゅうすいとう》のてっぺんまで、友だちと登ったと自慢《じまん》しています。そんなに高いところに登るなんて、アビーは考えただけでも息が止まりそうです。もっとも、勇敢《ゆうかん》に登ったあと、警官《けいかん》に追いかけられてトウモロコシ畑を逃《に》げまわったという兄さんの話は、百パーセント本当とはいえません。兄さんはほらふきで有名だからです。だけど、町はずれの線路ぎわにある、巨大《きょだい》なコンクリート製《せい》の穀物《こくもつ》倉庫はどうでしょう？　あれに登った人は、絶対にいるはずです。なぜなら、てっぺんまで行った人が証拠《しょうこ》を残しているからです。あの見上げるようなサイロのてっぺん近くに、高校のクラブの名前が書いてあるのです。バスでこの町にやってくる他校のチームが、八キロも先から見えるほど、大きな字で〈LIONS《ライオンズ》〉と書いてあります。

それでも、リンズデールの町で、法にふれない範囲《はんい》で子どもが登れる人工の建造物《けんぞうぶつ》でもっとも高いものは、ボールドリッジ小学校の体育館にある九メートルの登り壁なのです。

十一月の終わりごろ取りつけられたこの壁は、たちまちアビーのお気に入りになりました。こんなに夢中になったものは、これまでありません。クリスマス休暇《きゅうか》の前には、いちばん上まで行くルートはほぼ全部制覇《せいは》しましたが、ただ一つ、あの出っ張りのあるルートだけは、だめだったのです。今、三月の一週めになっても、まだ成功していません。出っ張りのルートには六回挑戦《ちょうせん》して、六回とも失敗でした。

それでも、アビーはこの壁が大すきでした。濃《こ》い灰色の表面に配置された色とりどりのこぶ。それをつかんで、少しずつ上へ登る楽しさ。いちばん上まで行ったときの、やった、という気持ちはなんともいえません。失敗したとすれば、悪いのはだれでもない、自分なのです。

アビーは本物の山というものを見たことがありませんでしたし、ましてや登ったことなんかありません。今は、壁がその代わりです。二時間めの教室へと歩きながら、アビーはきょうの壁登りの一歩一歩を、スローモーション映画《えいが》のように頭の中で思い出していました。

アビーが全神経《ぜんしんけい》を集中させて思い出しているのには、二つのわけがあります。一つは、つぎこそもっとうまく――完璧《かんぺき》に登りたかったから。もう一つは、壁登りのことを考えているほうが、このあと六時間がまんしなければならない、あの恐《おそ》ろしい算数や理科や国語や社会よりも、ずっとずっと楽しいからです。一時間めの体育のあとは、アビーにとって学校はちっとも楽しくありませんでした。まるで、雪の降《ふ》らない冬のよう。または、太陽の照らない夏のようです。しかもこのところ、状況《じょうきょう》はますますきゅうくつになってきているのです。

というのは、じつはアビーは優秀《ゆうしゅう》な生徒とはいえないからです。六年生の前期の成績《せいせき》は、以前よりもっと悪くなりました。

そのあと成績はさらに悪化し、とうとう二週間ほど前の二月のある日――最低最悪になってしまったのです。

第3章　最悪の成績《せいせき》

アビーにだって、学校で楽しいことはたくさんあります。毎朝乗るスクールバスでの大騒《おおさわ》ぎは大すきで、アビーはいつもほかの六年生たちといっしょに、いちばんうしろの座席《ざせき》に、友だちのマライアと並《なら》んですわっています。学校の廊下《ろうか》をみんなでうろつくのも大すきで、信じられないくらいごちゃごちゃの自分のロッカーが自慢《じまん》です。食堂のランチもたいていお気に入りで、焼きチーズサンドと缶詰《かんづめ》の甘《あま》い桃《もも》のデザートのときは、いつもお代わりをもらいに行きます。昼休みも大すきですし、図工や音楽、とりわけ壁《かべ》登りをする日の体育なんか最高に大すきです。

アビーの学校での問題というのは、勉強の成績のことだけなんです。アビーは本もそこそこ読みますし、算数だってまあまあできて、頭はすごくいいんです。けっして勉強ができないわけではありません。勉強するのがすきじゃないだけです。

だって、こんなことしたって、たいがいむだじゃありませんか？　たとえば算数。いったいアビーは何回、足し算も引き算もかけ算もわり算もできるってことを証明《しょうめい》しなくちゃならないのでしょう？　もうじゅうぶんなはずです。

それに、主語と述《じゅつ》語《ご》のととのった、きちんとした文が書けて、文の最初は大文字にし、文の最後には句読点《くとうてん》を打つことを忘《わす》れないアビーが、どうしてこんなに何回も何回も作文の練習をしなければならないのでしょう？　新聞記者や何かになるつもりもないっていうのに。

アメリカ五十州の名前もいえますし、地図でどの場所にあるかも知っています。州都の名前だって全部知っています。モンタナ州の州都はヘレナ、という具合に。地球の七大陸も全部見つけられますし、重要な戦争がいつ始まりいつ終わったか、たくさん知っていますし、アメリカ独立宣言《どくりつせんげん》の前文の最初の文を暗記していますし、リンカーン大統《だいとう》領《りょう》のゲティスバーグ演説《えんぜつ》のほぼ半分を暗唱することもできます。国連安全保障《あんぜんほしょう》理事会の常任《じょうにん》理事国五か国の名前も知っています。それなのに、どうしてあんな分厚《ぶあつ》い社会の教科書を、毎年毎年読まなくてはならないのでしょう？

アビーは部屋や図書館にとじこもって机《つくえ》に向かい、本を読みふけったり、パソコンのキーボードをたたいたりするのが、すきではないのです。それより、実際《じっさい》にロッククライミングをしたり、ロープを使って岩場を下りる方法を学んだり、カムやくさびや滑車《かっしゃ》など、クライミングの専門《せんもん》用具について勉強したいのです。何より、外にいたいのです。長靴《ながぐつ》を泥《どろ》だらけにして、家の裏手《うらて》にある森や野原を歩きまわりたい。自分で作った弓と矢の腕《うで》をみがきたい。去年の夏の嵐《あらし》で倒《たお》れてしまったオークの巨木《きょぼく》に、隠《かく》れ家《が》を作りかけているので、それに手を加えたい。学校の勉強――とくに宿題――は、アビーがすきなことをするのをじゃましているとしか思えません。いくら親にうるさくいわれても、アビーは学校の勉強にはまったく見向きもせず、努力もしませんでした。おかげで六年生の前期には、もともとよくなかったアビーの成績は、もっと悪くなってしまったのです。

こんな成績ではたいへんなことになるかもと、アビーはうすうすわかっていました。ですから、二月のある朝、体育の授業中《じゅぎょうちゅう》に進路指導《しどう》のカーモディ先生からの呼《よ》び出《だ》しのメモをもらったとき、アビーはそんなに驚《おどろ》きませんでした。四年生のときにも、成績のことでカーモディ先生と話したことがありましたし、五年生のときには二回話し合いました。事務室《じむしつ》を通って進路指導室へ向かうアビーには、これからどんなことが起こるのか、すっかりわかっていました。

「こんにちは、カーモディ先生。ご用ですか?」

「こんにちは、アビー。そのテーブルにすわりましょう。」

テーブルには食事のときみたいに、二人分の席が用意されていて、片方《かたほう》には大きな白い封筒《ふうとう》、もう片方には分厚い緑色のファイルが置いてありました。カーモディ先生はファイルのほうのいすにこしかけました。アビーがもう一つのいすにすわると、白い封筒に自分の名前が書いてあるのが見えました。

アビーは封筒を手に取っていいました。「これを読むんですか?」

「ええ、でもその前に、少しお話ししましょうね。」カーモディ先生はそういうと、しばらく口をとじ、また話し出しました。「先生方に、あなたとご両親に伝えてほしいとたのまれたことがあるの。来年度、アビーはもう一度六年生をやったほうがいい、ということなの。それでわたしもあなたの成績を見てみたのだけど、やっぱりそうしたほうがいいと思う。その手紙にはそういうことが書いてあるの。ご両親にはアビーが自分で伝えてもいいし、わたしがきょう電話をして、そういう手紙が行きますってお伝えしてもいいのよ。手紙はもう郵送《ゆうそう》してしまったのだけど、あなたをびっくり仰天《ぎょうてん》させるといけないから、あらかじめ話しておきたかったの。何か聞きたいことはある？」

アビーの口は急にカラカラにかわいて、舌《した》が歯にくっついたようになりました。カーモディ先生をじっと見つめたまま、五秒間くらい、だれかが停止ボタンを押《お》して全宇宙《ぜんうちゅう》が止まってしまったかのように感じていました。アビーはかすれ声でいいました。

「あたし……落第ですか？」

先生はうなずきました。「それがいちばんいいだろうということなのよ。基礎《きそ》学力がついていないと、中学の勉強はとてもむずかしいの。わかってくれるでしょう？　前にもそういう生徒が何人かいたから、アビーももう一年がんばればすごくのびると思うし、きっとあとでよかったと思うはずよ。」

アビーは目を見開いたままでした。「だけど、落第なんて。だめです。あの、その……できません。」

「いきなりこんなことを全部受け入れろといってもむずかしいでしょうけど、ちょっと落ち着いて考えてみて。学校が提案《ていあん》していることは、いちばんあなたのためになることなのよ。伝えることはこれだけ。お水飲みたい？」

アビーは首を横にふりました。

「あなたからいいたいことはある？」

アビーはまた首をふって、いいました。「あたし……あたし、なんていっていいかわかりません。ほんとにいきなりで。何がなんだか。」

「そうね、たしかにそのとおりだわ。でもね、あなたのためになるようにと思ってのことだから、それはわかってほしいの。さあ、もう授業にもどったほうがいいわね。そして、よく考えて、あとでまた話したいことができたら、ここへいらっしゃい。この許可《きょか》証《しょう》をいつでも使っていいから。」先生は一枚《まい》の紙をアビーのほうへすべらせました。「わたしからご両親に話をしてもらいたいと思ったら、そういってちょうだい、いいわね？」

アビーは許可証を取って、白い封筒に入れました。先生は立ち上がっていいました。

「ちゃんとうまくいくわよ、アビー。だいじょうぶ。それじゃ、あとでまた話し合いましょう。」

アビーはうなずいて、「はい。」といいました。ほほえもうとしたのですが、顔がいうことを聞きません。アビーは事務室を通り、ドアを出て、四年生の教室のある廊下を歩いて体育館へ向かいました。

四年生の教室は、とびらがあいているところもあって、いろいろな音がもれてきます。子どもたちの音読の声、算数を教える先生の声、宇宙探査《たんさ》のビデオの声。けれども、アビーの耳に聞こえるのは自分の声だけでした。〈落第しちゃう、落第しちゃう。〉

体育館に入ると、ドッジボールの試合が白熱しているところでした。そこで、なかよしのマライアが壁にもたれてすわっているところへ行きました。マライアはドッジボールがきらいで、いつもさっさと、わざとボールに当たるのです。

マライアが聞きました。「なんの話だったの?」

「べつに、たいしたことじゃなかった。」

マライアはふりむいて、アビーの顔をしげしげと見つめました。「気分が悪いんじゃない? 顔色が悪いわよ。」

「だいじょうぶ。」アビーはいいました。

でも、それはうそでした。


二月のその火曜日、学校が終わるころには、アビーは少しだけ元気を取りもどしていました。手紙をたんねんに読み、問題点を見いだし、自分自身を見つめなおしました。そして、決心したことがいくつかあります。アビーはこの状況《じょうきょう》に対処《たいしょ》するため、一歩ふみ出したのです。

まず決めたことといえば、親に電話しないでほしいと、カーモディ先生にいうことでした。アビーが自分でこの悪い知らせを伝えたかったのです。もっとも、午後二時半には、これはとてもいい考えだと思ったのですが、その夜七時には、カーモディ先生の電話番号を聞いておけばよかったと、アビーは後悔《こうかい》しました。

晩《ばん》ごはんのあと、家族三人で台所にいたとき、アビーは勇気をふりしぼって切り出しました。「あの、母さん、父さん。ちょっと話があるんだけど——よくないこと。すごく……悪いこと。ていうか、最悪なことなの。」

母さんはまっさおになって、食卓《しょくたく》のいすにさっとこしかけました。父さんは布巾《ふきん》でふいていたボウルをカウンターに置き、布巾も置きました。かなづちで親指を打ってしまったような顔になっています。

アビーはかばんのうしろポケットから、折りたたんだ白い封筒を取り出し、広げて母さんにわたしました。「あたしの、成績のことなの。」

「ああ……成績のことか。」父さんがいいました。「よかった——いや、よくはないが。別のことじゃなくてよかったよ。」

母さんもほっとしたようすで、封筒を受けとると、水色の紙を取り出しました。

〈いったいなんのことだと思ったのかしら?〉と、アビーは思いましたが、今はそれどころではありません。

父さんはぐるりとテーブルをまわっていって、母さんの肩越《かたご》しに手紙を読んでいます。

アビーがいいました。「そ……その手紙、進路指導の先生から、けさわたされたの。たぶんあした、郵便でも送られてくると思う。でも、あたし、自分の口からいいたかったの。手紙に書いてあることは最悪のことでしょ。だけど、もうちゃんと計画を立ててあるの、あしたからどうするか——ううん、今夜から、あ、今すぐに。ほんとよ。今からでもじゅうぶんまにあうわ。絶対《ぜったい》に。」

「まにあう?」父さんがいいました。この声の調子は知っています。アビーは身構《みがま》えました。今さっき、父さんは別のことを心配していたはずなのに、そんなことどこかへ行ってしまいました。そして、ブルドッグのように、成績のことにかみついて放そうとしないのです。

「学年の半分以上が過《す》ぎてしまった今、もう一度六年生をやらなくてはならないと先生にいわれている。それなのに、おまえはまだまにあうと思っているのか? そんなに甘いものじゃないぞ、アビー。」

「夏期クラスに通ってもいいわ。」アビーはいいました。「だって、そんな手紙、ただの警告《けいこく》でしょ？　それにまだ二月だし。まさかそんなこと決まってないわよ。」

母さんが手紙を読み上げました。「『一月の通知表でお知らせしましたが、算数、理科、国語、社会におけるアビーの成績は、ずっと学年目標以下の水準《すいじゅん》でした。最近はより深刻《しんこく》で、テストの点は低迷《ていめい》したままです。そのため、アビーはもう一度六年生の学習を繰《く》り返《かえ》したほうがよいと考えます。』」

アビーがいいました。「ほらね、『考えます。』だって。決まったわけじゃないのよ。」

「もしおまえがすごく変わったとしても、」父さんがいいました。「それもものすごくだぞ、それでもだめかもしれない。今まで長いこと、ずうっとこうだったんだからな。こりゃたいへんなことになった。」

「わかってる。」と、アビー。「だから、一生けんめい勉強するから。すごくすごく一生けんめい。約束する。今すぐ始めるわ。きょう学校を出るとき、クーパー先生とベックランド先生に、あしたの朝相談がありますってお願いしたの。落第しないためにはどうしたらいいか、聞くつもり。もうどんなことでもするわ、約束する。」

「父さんや母さんも、先生方に相談したほうがいいわね。」母さんがいいました。「だけど、正直がっかりしたわ。この前の通知表で注意されたとき、アビーは態度《たいど》を改めるっていったじゃない――約束するって。覚えてるでしょう？　そういったから、母さんはいちいちうるさくいわなかったのよ。ああ、もっと気をつけて見ていればよかった。今となってはもう遅《おそ》いかもしれないけど。毎日家で勉強を見てあげるべきだったわ。」

「同じまちがいを繰り返しちゃだめだ。」父さんがいいました。「課題がなかなかできなかったとしても、それから、いろいろなことを理《り》解《かい》するのに、人より時間がかかったとしても、それはそれで仕方ない。だが、落第なんて事態になってはいけないんだ。そんなこと許《ゆる》されないぞ、アビー。今から、父さんと母さんができるだけ手助けしてやるけれど、やる気を出して、できるかぎりの努力をするのはおまえ自身なんだ。そうだろ？」

アビーはうなずきました。「そうね。」

「それから、」父さんは続けました。「もし今年、どうしても進級できそうにないとしても、どっちみちおまえの勉強に対する態度は変わらなくてはならない。たった今、この時点でだ。わかったな?」

「うん、わかった。」と、アビー。

「さあ、」母さんがいいました。「あしたの予習は何をしたらいいの? 今週何かテストはある? やっておかなくちゃならないことは?」

それから二時間、アビーは台所のテーブルに向かって、母さんの監視《かんし》のもと、宿題をやりました。社会の教科書を一章読み、うしろにある質問《しつもん》の答えを書きました。それから、単語のつづりを練習し、文法のドリルをやり、化学の元素《げんそ》記号を十個《こ》覚え、算数の教科書百七十七ページの奇数《きすう》に関する問題を全部ときました。

これで水曜日の予習はばっちりです。そのうえまだ時間があまったので、テレビを三十分見て、マライアと携帯《けいたい》電話でちょっとだけおしゃべりし、おかしを食べて、母さんと父さんからお休みのキスまでしてもらいました。

もう寝《ね》ようと階段《かいだん》をのぼりながら、アビーは、宿題を全部やったのは今年初めてだったことに気がつきました。あしたの準備《じゅんび》が完璧《かんぺき》にできてるって、なんて気持ちがいいんでしょう。水曜日はすべてが順調にいくでしょう。

けれども、その火曜日の夜、アビーが枕《まくら》に頭をのせると、恐《おそ》ろしい声が頭の中にささやき始めたのです。

たった一日、宿題を全部やったからって、中学に進級できると思ってるのかい？　ふん！　ばかものめ！

現実《げんじつ》を見てみろ。おまえはできの悪い生徒だ。よかったことは一度もないし、これからだって同じさ。それをなんとも思っちゃいない。おまえは落第して、もう一年また同じ退屈《たいくつ》な勉強を繰り返すことになるんだ。

友だちはみんな中学へ進級して、おまえを指さして笑うだろう。母親たちは指をふりたてながらいうだろう、「ちゃんと勉強しないと、落第してしまいますよ、アビー・カーソンみたいにね。」と。

アビーはベッドに起き上がり、こぶしをにぎりしめました。胸《むね》がドキドキして、顔は燃《も》えるようです。アビーは大声でいいました。

「あたしは絶、対、に落第なんかしない。一生けんめい勉強するし、父さんも母さんも、先生たちだって助けてくれるわ。来年は絶対に中学生になる。あたし、ば、か、な、ん、か、じゃ、な、い！」

第4章 けわしい道のり

二月の水曜日――このままでは進級できないという手紙を受けとったつぎの日、スクールバスが学校に着くと、アビーはバスから降《お》りて正面玄関《げんかん》まで行き、当番の先生に、話し合いがあるので一三三番教室へ行きますといって、六年生の教室のほうへ向かいました。

廊下《ろうか》にはほとんどだれもいなくて静かでした。長い廊下を歩きながら、アビーは、新しい学年が始まる九月になっても、二年連続の六年生として、この同じ廊下を歩くなんて、まっぴらごめんだわと思いました。

一三三番教室のドアはしまっていたので、ノックすると、「どうぞ。」という声が聞こえてきました。

アビーがドアをあけると、クーパー先生がいいました。「おはよう、アビー。ここにすわりなさい。」

先生はにこりともしていません。声もそっけない調子です。机《つくえ》の上には、成績簿《せいせきぼ》が広げてあります。

クーパー先生はアビーの算数と理科の担当教師《たんとうきょうし》で、ここは先生の教室です。先生は机の向こう側にすわり、こちらにはいすが二つ置いてあります。そのうちの一つにはもう、国語と社会担当のベックランド先生がこしかけていました。

アビーはいすにこしかけたとたん、しゃべり出しました。

「あたし、落第しないためならなんでもします。今まで熱心に勉強してこなくてすみませんでした。これからは一生けんめいやります。なので、どうしたらいいか教えてください。」ここまでいい終わると、あっと思い出して付け足しました。「お願いします。」

「もちろん、どんなことをしてもあなたを救ってあげたいんですよ、アビー。」クーパー先生がいいました。「でも、現状《げんじょう》ではとてもきびしいんです。」

先生は成績簿に指を置くと、つーっと横にすべらせ、目で追いました。そして、首を横にふっていいました。「理科の成績はとくにひどいですね。算数も。」

自分の成績簿を広げていたベックランド先生も、うなずいていいました。「国語や社会もよくないわ。中学にあがるためには、残りの試験や小テスト全部で、とてもいい点数をとる必要があるの。」

アビーはいすにすわったまま、身を乗り出していいました。「ということは、これからすごくいい成績をとれば、だいじょうぶということですね？」

ベックランド先生がいいました。「絶対《ぜったい》にだいじょうぶとはいいきれないわ、アビー。がっかりさせたくはないんだけど、成績の平均点《へいきんてん》が、今よりはるかによくならなくてはいけないの。それからもちろん、イリノイ州実力テストでもいい点をとる必要があるし。」

「夏期クラスに通うっていうのはどうでしょうか？　成績をあげるために。」アビーが聞きました。

「ここの学区では、六年生に対して夏期クラスは開いていません。」クーパー先生がいいました。「ですから、それはできません。」

この算数の教師は、あいかわらず笑顔《えがお》もなければあたたかみもありません。

アビーは、中学めざして登っていたクライミングで、手をすべらせてしまったような気分でした。二人の先生の顔をかわるがわる見比《みくら》べ、ベックランド先生に目を合わせて懇願《こんがん》しました。「何かしらあたしにできることがあるはずです。進級するために。何かないでしょうか？」

ベックランド先生は、アビーからクーパー先生に目を移《うつ》していいました。「ちょっとこちらへ。」

二人の先生は立ち上がって部屋を出ると、ドアをしめました。

アビーがふりむくと、ドアのガラス窓越《まどご》しに、クーパー先生の背中《せなか》が見えました。先生たちがひそひそ話し合っている声が聞こえてきます。

アビーは思いました――きっと助けてくれるわ。なんとかしてくれるはず。いい先生だもの……二人とも、ね――アビーはすぐにこう考えました――それにさ、来年もあたしがこの辺をうろつくの、ほんとはいやなはず。

一分後、先生たちは部屋へもどってきてこしかけました。

ベックランド先生がいいました。「中学生になるために、アビーには三つのことをしてもらいます。まず、どの教科でも、これからは毎日宿題をすること。」

アビーはうなずいていいました。「できると思います……あ、いいえ、やります。きちんとやります。」

クーパー先生がいいました。「つぎに、どの教科でも少なくともBの評価《ひょうか》をとらなくてはいけません。つまり、これから受ける試験や小テストのすべてで、八十五点以上とる、ということです。」

アビーはまたうなずきました。「すごく一生けんめい勉強すれば、できると思います。いいえ、できます。」

ベックランド先生がいいました。「最後に、算数や理科よりも国語と社会の成績のほうが悪いので、わたしからの特別課題もやってもらいたいの。できるかしら？」

これ以上勉強するなんて、考えただけでもぞっとしましたが、アビーは必死に笑顔を作っていいました。「できます……でもあの、どんな課題ですか？」

「課題はたくさん用意してあって、その中から一つ選ぶの。」ベックランド先生がいいました。「課題でいい点をとるためには、だいぶがんばらなくちゃならないわよ――それに、ふだんの勉強だって遅《おく》れちゃいけないし。簡単《かんたん》なことではないわ。」

「中学生になるためだったら、どんなことでもやります。」と、アビー。「本当です。今からどんな勉強でもがんばります。ほんとはもう始めているんです、きょうの宿題、全部やったので。」

ベックランド先生がいいました。「それならだいじょうぶね。では、成績チェックシートを作って、クーパー先生とわたしがサインします。アビーもサインして、ご両親にもサインしていただくのよ。そのあと勉強するかしないかは、あなた次第《しだい》ね。」

「あなたならだいじょうぶですよ。」クーパー先生は、かすかにほほえみました。あたたかい笑顔というより、誠実《せいじつ》な笑顔でした。

ベックランド先生が立ち上がっていいました。「さあ、それじゃとなりの教室へ行って、課題を選びましょう。すぐにでも始めたほうがいいでしょうからね。」

アビーはいすから立ってドアのほうへ行きかけましたが、立ち止まってふり返りました。「ありがとうございました、クーパー先生。」

算数の教師は、今度はいくぶんあたたかい笑顔になりました。「どういたしまして、アビー。では、またあとで。」

ベックランド先生のあとをついて算数の教室から出るとき、アビーは自信に満ちた強い表情《ひょうじょう》をくずしませんでした。けれど、廊下を歩いているうちに、眉間《みけん》にしわがより、恐怖映画《きょうふえいが》を見たときのように、下くちびるをかんでいました。

アビーは思いました——**すべての試験や小テストでBかそれ以上の点をとる？　宿題は一回も忘《わす》れない？　学年が終わるまでずっと？　そんなこと、どうやったらできるの？**

通知表に初めて手紙が添《そ》えられた三年生のときからずっと、アビーは楽にBがとれる生徒ではありませんでした。どうにかこうにかCがとれる程度《ていど》でした。Dをとったこともあります。そんな落第寸前《すんぜん》の生徒から、あっというまに優等生《ゆうとうせい》に変身しなくてはならないのです。しかもそれができなければ、もう一度六年生のやりなおしなのです。

アビーは思いました——**これからの四か月半、あたしの人生には宿題とテスト勉強しかない。それと特別課題。つまり基本的《きほんてき》に……あたしは死んだも同然。**

第5章　特別課題

アビーはベックランド先生のあとから一三一番教室へ入りました。先生はキャビネットをあけて、いちばん上の棚《たな》から大きな靴箱《くつばこ》を取り出しました。箱には赤い色画用紙が貼《は》られ、ふたにはテレビのリモコンくらいの大きさの穴《あな》があいています。箱の横には、きれいに印刷された黒い字で「特別課題」と書いてありました。

「これ、初めて見ましたけど。」アビーがいいました。

「こんな非常事態《ひじょうじたい》の救済措置《きゅうさいそち》を使うより、ふだんの勉強をしっかりやってもらいたいからよ。でも、いつだって例外はあるわ。」ベックランド先生は箱をよくふっていいました。「ではやり方を説明するわね。この箱の中には、十種類くらいの課題が入っています。どれも紙に書いて折りたたんであるの。手を入れて一枚《まい》引いてちょうだい。それがあなたの課題というわけ。やりなおしはできません。」

先生はアビーの前に箱を差し出しました。「さあ、一枚引いて。」

アビーは箱に手を入れてごそごそ探《さぐ》り、紙を一枚つかみました。でも、それは手から放し、別の紙をつかんで手を引《ひ》き抜《ぬ》こうとしました。ところが、その拍子《ひょうし》に紙が手から離《はな》れてしまったので、今度は箱のすみっこに手をのばし、三枚めの紙をつかんで引き抜きました。

先生がいいました。「はい、それじゃ、大きな声で読んで。」

アビーは紙を広げました。だれもいない教室に、声が響《ひび》きます。

「課題……文通。異《こと》なる文化を持つ外国の学校の生徒と文通する。

①先生の協力のもと、文通相手を見つける。

②見つかった相手に、文通相手になってほしいという手紙を書く。

③送った手紙のコピーと、受けとった手紙を教室の掲示板《けいじばん》に貼《は》り出《だ》す。新しくやりとり

りしたら、そのつど貼っていく。

④少なくとも四回やりとりしたら、この経験《けいけん》から何を学んだか、クラスで発表する。」

課題はこれがすべてでした。アビーは声に出して読んだあと、もう一度だまって読み返しました。

「どうかしら？」先生が聞きました。

「やることがいっぱいあって、書くこともいっぱいで……でもなんだかおもしろそう。」アビーはそういってから、すぐに付け加えました。「どこの学校に手紙を出したらいいか、先生が手伝ってくれるんですよね？」

先生はうなずきました。「電子メールで連絡《れんらく》がとれる人が何人かいるわ。インドネシアのジャカルタで先生をしている人、アフガニスタンのカブールで学校の管理をしている人、中国の北京《ペキン》で大学教授《きょうじゅ》をしている人。この三つの場所で興味《きょうみ》のあるところ、ある？」

「さ……さあ、わかりません。」アビーは、オリンピックが北京で開かれたということ以外、この三つの場所についてはなんにも知りませんでした。そのとき、ふと思いつきました。「そうだ……山がたくさんあるところはどこですか？　大きい山がたくさんあるところがいいです。」

先生はいいました「地球儀《ちきゅうぎ》を見て、自分で探《さが》してごらんなさい。」

窓《まど》ぎわのテーブルに、地球儀が三つ置いてあります。世界の国々が異なる色でぬってある地球儀、一八〇〇年当時の世界の国々をあらわした歴史地球儀、それに、でこぼこに表面加工された立体地球儀です。これは山岳《さんがく》地帯や峡谷《きょうこく》や海溝《かいこう》など、地球の地理的な特徴《とくちょう》をあらわしています。

先生は立体地球儀を指さしました。「いい？　まずオーストラリアを見つけてみて。」

アビーは地球儀をくるくるまわしてから、指をのせました。

「そして、オーストラリアの北西に、細長く弓なりになっている島々があるでしょう？それがインドネシアの一部でジャワ島《とう》、そしてそこ、それが首都のジャカルタよ。」

アビーはその場所を指でなぞってみました。「山はあんまりありません。」

先生はうなずきました。「海抜《かいばつ》がそれほど高くないから——島はたいていそうよね。ではつぎ、北京はどこにあるかわかる？」

アビーはジャカルタから北に向かって指をすべらせました。南《みなみ》シナ海《かい》から香港《ホンコン》へ、海岸線をなぞって台湾《たいわん》の北をかすめ、上海《シャンハイ》から陸地へ入りました。「あった、北京です。」

「山はある?」

アビーは首をふりました。「まっ平らです。」

「そうね。」先生はいいました。「今度は北京からインドへ向かって、南西に行ってごらんなさい。」

いわれたようにしたアビーは、インドに近づくといいました。「山がたくさん——すごく高い山です。」

「そうでしょう。なんていう山脈かしら?」

アビーは読みました。「ヒマラヤ山脈——エベレスト山があるところだ。」

「そのとおり。今度はその山脈をなぞるようにして、北西へ行ってみて——そう……ストップ。その国はパキスタン。そこからまっすぐ西へ進めば、アフガニスタンへ入って、首都に着くわ。」

アビーはアルファベットで書かれた首都の名前を読みました。「K、a、b、u、l

……なんて読むんですか？」

「カブールよ。その辺の土地の感じはどう？　平坦《へいたん》？　それとも山がち？」

「うーん、ヒマラヤ山脈ほどではないけど、北京やジャワ島みたいに平らじゃありません。」アビーがいいました。

「そうね。」と、先生。「カブールの北のほうには、ゴツゴツとがった山脈があるでしょう？　それはヒンドゥークシュ山脈といって、とてもけわしくて岩だらけなのよ。」

「それじゃ、アフガニスタンのそのあたりの人と文通したいです。」アビーがいいました。

先生はうなずきました。「わかったわ。いい場所を選んだわね。あしたの下校時刻《じこく》までには、必要な住所を調べておくわ。」

それからたったの二日後、アビーはアフガニスタンへの最初の手紙を書いて、投函《とうかん》しました。緑色の封筒《ふうとう》に入れた手紙です。カブールの北の村の学校に三月の第二週に届《とど》いた、あの手紙でした。

第6章　板ばさみ

「今度はお兄ちゃんが読んで。いいでしょ？　おねが〜い。」

サディードは首をふりました。「だめだ。鼻声も出すな。読む練習をしなくちゃ、いつまでたっても英語はうまくならないぞ。その便箋《びんせん》にも二度とさわるなよ、さもないと表に引っぱり出して、顔を雪に押《お》しつけてやるからな。さあ、もう一回読んでみろ。今度は、一つ一つの単語に注意して読むんだ。」

サディードは、アミーラに対してきびしいことをいっているのはわかっていましたが、無理もないでしょう？　誇《ほこ》り高《たか》い男の子にこんなことをやらせるなんて、あんまりです。しかも、あと四か月もたたないうちに十二歳《さい》になる男の子に。

兄と妹は、長いすとして使っている低い四本脚《あし》のベッドに、並《なら》んでこしかけていました。石と日干《ひぼ》しレンガでできたこの小さな家は、村の西のはずれにある大通りから少し入ったところにあり、二人がいるのは四つある部屋のうちの真ん中の部屋でした。この部屋は、向こうはしに台所があるので、冬でもあたたかいのです。晩《ばん》ごはんは、市場がしまって夕方のお祈《いの》りが終わってからですが、小さな料理用木炭ストーブにはもう火がついています。暖房用《だんぼうよう》でもあるのです。お母さんは子どもたちのお昼ごはんをあたためるために、裁縫《さいほう》の仕事からはもう帰ってきていました。今は、ストーブの横の木のテーブルに向かって、子羊の肉と玉ねぎを切り、レモンをうす切りにして、晩ごはんのシチューを作っているところです。

アミーラがふたたび声に出して手紙を読み始めましたが、簡単《かんたん》な単語もつっかえつっかえなので、サディードは歯をぎりぎり食いしばりました。けれど、全面的にアミーラが悪いわけではありません。第一、手紙の字がきたないのです。へりがぼろぼろのレポート用紙に、丸まった鉛筆《えんぴつ》で書いてあります。もともと英語はむずかしいことばですし、文を左から右へ読むという決まりを覚えているのもたいへんです。（注・アフガニスタンで使われている言語は、文字を右から左へ読む。）それに、アミーラは二歳近く年下じゃありませんか。

それでも、アミーラが読むのを聞いているとイライラしてしまいます。

「『親愛なるペンフレンドへ

わたしの名前はアビー・カーソンです。住んでいるところは、アメリカ合衆国《がっしゅうこく》イリノイ州にあるリンズデールという町です。イリノイ州は国の真ん中あたりにあります。この辺は平らな農地ばかりで――本当にまっ平らです。あなたの住んでいるところはどんな感じですか？　山は見えますか？

じつは、わたしは学校の特別課題として、この手紙を書いています。どなたかわかりませんが、きっとあなたにも手間をとらせてしまうと思います。あなたが返事をくれるまで、わたしは実際《じっさい》だれに手紙を書いているのかわかりません。でも、この手紙がはるばるアフガニスタンまで行くのだと思うと、ドキドキしてしまいます。ここアメリカでも、あなたの国のニュースが流れています。ほとんどはひどい戦闘《せんとう》があったというニュースです。あなたの住んでいるところでは、戦闘はありますか？　ないといいですね。』」

妹がたどたどしく読んでいるあいだ、サディードはその日のお昼、午前授業《じゅぎょう》が終わって友だちと学校から帰るときに、先生からいわれたことを思い出していました。

「サディード、わたしはきみを信頼《しんらい》しているから、この仕事をたのもうと思う。きみならきっとうまくやってくれるはずだ。この村に名誉《めいよ》をもたらしてくれるだろう……きみと、きみの妹がね。アミーラにはもう話した。アミーラがアメリカの小学生に手紙を書くことになったんだ。だが、一人で書くのではなく、きみに手伝ってもらいたい。差出人はアミーラだ。なぜなら、アメリカ人のほうも女の子なので、女の子同士の文通にするのが最適《さいてき》だからだ。きみに手伝ってもらうことについては、だれにもいわないとアミーラは約束してくれたよ。きみはアミーラがうまく書けるように気を配ってほしいんだ。おもしろいことやいいことも入れるように。というわけで、この手紙をきみに預《あず》けるから保管《ほかん》してもらいたい。わかったかい？」

「はい、先生。」サディードは驚《おどろ》いた顔を作らなくちゃと思いながら、手紙を受けとりました。

でも、もちろん、村長の屋敷《やしき》でこっそり聞いていたので、サディードはこういわれることはわかっていました。村の長老たちがこのようにしろといったからとは、先生はひとこともいいませんでした。あのときはあんなにたくさんうるさい人たちがいて、さぞかしたいへんだったことでしょう。

かといって、先生がふだんは楽をしているなんて、サディードは思ったことはありません。マフムード先生は百人以上もいる生徒を、たった一人で教えています。村の学校には教室は一つしかありませんから、一年生から六年生までは、午前中に大人数で勉強します。午後には年の大きい生徒たちがやってきて、教室の真ん中を可動式《かどうしき》の仕切りでくぎり、右側に男子、左側に女子がすわります。

午前のクラスで年下の子どもたちといっしょにいることを、サディードはどうにかこうにかがまんしている状態《じょうたい》でした。マフムード先生はぼくを助手にしたらいいのに、とサディードは本気で思っています。先生は、異《こと》なる年齢《ねんれい》の子どもたちに、同時にうまく別々の勉強をさせていますが、サディードはそのようすをよく見てきたからです。〈ぼくにだってできるよ。でも、さすがに先生はよくわかっていて、ぼくみたいに勉強ができる六年生には、むずかしいことをどんどんやらせてくれる。その点はすごくいいな。〉

マフムード先生は、自分の書斎《しょさい》から英語の本を借りていってもいいといってくれました。サディードはとてもうれしくて、『大いなる遺産《いさん》』（注・チャールズ・ディケンズの小説。一八六一年刊《かん》）という分厚《ぶあつ》いイギリスの小説以外は、全部読んでしまいました。〈あの本だってすぐに読んでしまおう――そんなに何日もかからないだろうな。〉

アミーラが読むのをやめたので、サディードはハッとわれに返りました。

「どうした？　なんでやめたんだい？」サディードがいいました。

「全然聞いてないんだもん。」アミーラは下くちびるを突《つ》き出《だ》しながらいいました。

「うまかったよ。」サディードはうそをいいました。「よくなってきた。だから続きも読んで。もう少し速くね。」

アミーラはため息をつくと、前よりもっとゆっくりと読み始めました。

「『返事をくれるときには、あなた自身のことを書いてくださいね。家族のことでもいいです。住んでいる町はどんなところかとか、あなたの外見とか。もし写真を送ってくれたら、すごくうれしいです。』」

サディードは、またさっき先生と話したときのことを思い出しました。先生にわたされた封筒《ふうとう》は、七月のリンゴのようにあざやかな緑色でした。表にはピンクのチョウのシールが二枚《まい》、住所の右と左に貼《は》ってあります。サディードが今までに見た手紙といえば、どれもまじめで堅苦《かたくる》しそうなものばかりでした。うすい水色の航空便の封筒や、濃《こ》い茶色や白の封筒に、政府《せいふ》の公式シールや切手や消印がべたべたついていました。でも、この手紙はちっとも堅苦しそうじゃありません。切手は三枚だけで、どれも小さなアメリカの国旗の絵でした。

マフムード先生は手紙といっしょに、新しい鉛筆と、真っ白な便箋を十数枚、それに航空便用の公式切手が貼ってある封筒を五枚くれました。サディードは鉛筆以外の全部を、慎重《しんちょう》にノートにはさみました。

先生はいいました。「週に二回、カブールからバスが来るだろう？　手紙が書けたら、バスの運転手に郵便局《ゆうびんきょく》へ持っていってもらう。その手はずはつけておいた。だから、あしたの午後までに手紙を書いておかなければならない。急なことですまないが、仕方がないんだ。そんなに早く書けるかい？」

サディードはまた「はい、先生。」といいながら、ていねいにうなずきました。

サディードが学校から出てくると、友だちのナジーブが待っていました。羊の革《かわ》できたえりが、強い風にひるがえっています。

「大親友はなんの用だって？　また表彰《ひょうしょう》してくれるって？　それとも、靴《くつ》をみがいてさしあげましょうかって？」

サディードがつきとばしたので、ナジーブはもう少しでヤギのふんを踏《ふ》みつけるところでした。

「ちょっとした仕事をやらされることになったんだ。おまえみたいなばかにはわからないことさ。」

そういいながら、サディードはノートをぎゅっとつかんでいました。女の子からの手紙の入った、ばかばかしい緑色の封筒を友だちに見つかったりしたら、一生からかわれるに決まっています。

アミーラがアメリカ人の女の子の手紙の最後にさしかかるころ、サディードはなんとかしてこの仕事から手を引けないものかと考えていました。

なにしろ、今はアミーラを手伝ってやることしか選択肢《せんたくし》はありません。実際には、サディードが妹の代わりに手紙を書くことになるんです。そして、アミーラが自分の名前を書きます。それから、手紙はアメリカのその女の子のところへ送られます。すると、おそらくその子はまた返事を書いてよこすでしょう。

つまり、サディードはこれから数週間、いえ何か月も、女の子二人のあいだにはさまれて、くだらないおしゃべりに付き合わなければならないのです。これ以上ひどいことってあるでしょうか？　時間と紙と切手のむだづかいです。

それに、妹のアミーラに完璧《かんぺき》な手紙を書けと？　たったの一日で？　しかも英語で？　犬にオートバイの乗り方を教えてやるほうがずっと簡単です。

アミーラは最後の数行を読みました。

「『すぐにお返事をください。あなたからの手紙が来ないと、わたしはこの課題でいい成績《せいせき》がとれません。なんとかして、いい成績がほしいんです。あなたは勉強はできますか？　きっとできるでしょうね。

読んでくれてどうもありがとう。わたしあての最初のお返事を楽しみにしています。

心をこめて　アメリカ人のペンフレンド

アビー・カーソン』」

サディードは封筒にもどしてあった写真を、もう一度見てみました。この女の子はカメラのほうに顔も向けていません。こぶだらけの灰色《はいいろ》の壁《かべ》に、クモみたいにへばりついて、両方の腕《うで》や脚を思い切りのばしています。上からたれているロープが、女の子の腰《こし》の幅広《はばびろ》ベルトにつながっています。頭には何もかぶっておらず、明るい茶色の髪《かみ》は短くて、肩《かた》にも届《とど》いていません。赤いズボンの外側には、LIONS《ライオンズ》という文字が見えます。

黒い靴をはき、黄色いTシャツを着ています。腕は細いですが、女の子にしては強そうです。腕や顔の色は真っ白です。上を向いた顔には、怒《おこ》っているようなきびしい表情《ひょうじょう》を浮《う》かべています。

このクモ少女が、サディードがよけいな仕事をさせられることになった原因《げんいん》なのです。ばかばかしいったらありません。それに、アミーラが自分で返事を書いたふりをするなんて、いけないことなんじゃないでしょうか。

それでも、先生と約束してしまいましたし、男なら約束は守らなくてはなりません。

「よし。」サディードはいいました。「鉛筆をけずったから、がんばって書いてごらん。英語でだぞ。まずよく考えて、書こうと思うことばをぼくにいうんだ。スペルもね。英語のだよ。それから、紙にそのことばを書く。わかったか?」

アミーラはこっくりしました。「わかったわ。あのね、あんまり赤ちゃん扱《あつか》いするのはやめて。」

というわけで、仕事が始まったのです。

第7章　アミーラの手紙

ちゃんとした手紙に仕上げるため、サディードはゆっくり根気よく、妹に一語一語、一文一文書かせていきました。三分たってようやく日付が書けました。「親愛なるアメリカのアビーへ」と書けたときには、さらに五分がたっていました。

それから十分後、アミーラが「村」ということばを書くのに手間どっていると、サディードはもうこれ以上がまんができなくなりました。

「おまえの頭には石がつまってるんだ――もうやめた！」サディードは叫《さけ》ぶと、妹から便箋《びんせん》を奪《うば》い取《と》って、びりびり破《やぶ》いてしまいました。

アミーラはうわーんと泣き出しました。

部屋の向こうはしの台所では、お母さんがパン生地《きじ》の大きなかたまりをこねる手を止め、サディードをじっと見つめました。なんにもいいませんでしたが、顔がくもったのがわかりました。

サディードはふうーっと大きなため息をつきました。もう一回、ふうーっ。

それからいいました。「ほら、泣くなよ、アミーラ。どなったりしてごめん。」そして、すばやく頭を働かせて、付け足しました。「ほんとほんと、アミーラは悪くないんだ。英語をよく知らないんだから、こんなもの書けるわけないいんだよ。アルファベットだってあやふやなのに、こんなにたくさん、しかも正しい文法で書くなんて、とても無理。英語ってむずかしいからね。」

サディードはなぐさめるつもりでこういったのですが、アミーラはますますはげしく泣きじゃくりました。アミーラはしゃくりあげながらいいました。「先生に……あたし、ばかだって……思われちゃう……お兄ちゃんが……思ったみたいに！」

「そんなこと思ってないよ。先生だって思わない。」サディードはそういうと、アミーラの肩《かた》をぎこちなくぽんぽんたたきました。「さあ、すぐに泣きやめよ。ぼくにいい考えがあるんだ。おまえも絶対《ぜったい》気に入るよ。な?」

アミーラは兄を見上げました。涙《なみだ》でぬれたほおを見て、サディードはドキッとしました。

「ほらほら。」サディードは妹の手からそっと鉛筆《えんぴつ》を取り上げると、自分のノートの真っ白なページを開きました。「この子にどんなことを書きたいか、ぼくにいってくればいいんだよ。ダリー語(注・アフガニスタンで使われるペルシャ語)でね。そしたらぼくがまずノートにそれを書いて、そのあときれいな便箋に書きうつす。英語でね。最後にアミーラが自分の名前をサインすればいい。ぼくは市場によくいる代筆屋みたいなものさ。アミーラはお客さんで、書きたいことを口でいうだけ。」

アミーラは頭と肩をおおっている紺色《こんいろ》のスカーフのはしで涙をぬぐいました。そして、はなをすすり、目をパチパチやってから、サディードを見上げました。「あたしがいったことを、ちゃんと書いてくれるの?」

「もちろん。」サディードはうなずきながら、またもやイライラし始めました。「それじゃ、今すぐ始めよう。こんなことに丸一日かけるわけにはいかないだろ？　書きたいことをさっさというんだ。」サディードは早く切り上げて、午後、二、三時間仕事をしようと思っていました。

そこで、アミーラは手紙を口でいい始めました。

「親愛なるアメリカのアビーへ

わたしはアミーラです。年は十歳《さい》半です。

わたしはバハーランという村に住んでいます。カブールから約百二十キロ離《はな》れています。ここにはまだ雪が少し残っていますが、いつのまにか、もうずいぶんあたたかくなりました。雪が全部とけるのは、少なくともあと二か月は先です。夜はまだ寒いです。

わたしは四年生です。一生けんめい勉強しています。村では、ほかにも学校へ通っている女の子がたくさんいます。うちのお父さんが、わたしも学校へ通っていいといってくれてうれしいです。わたしは本を読むのが大すきです。文章を書くのも上達してきました。英語も勉強しています。

家族は、お父さん、お母さん、お兄さんです。おじさんとおばさんもいっしょに暮《く》らしています。でも、じきに自分たちの家を持つといっています。おじさんたちが引《ひ》っ越《こ》してしまったらさびしいでしょうが、部屋がふえるのはうれしいです。

写真をどうもありがとう。あなたは髪《かみ》がうすい色で、黄色いシャツと赤いズボンだということはわかりました。でもどうして、岩だらけで上がせり出している壁《かべ》があるのですか？　それがわかりません。

うちにはカメラがないので、送ってあげる写真がありません。でも、近所のおじさんがカメラを持っているので、たのめるかもしれません。」

アミーラはそのあとも数分しゃべり続けました。手紙をこんなふうに声に出していえるなんてすごいやと、サディードは感心してしまいました。しかもちゃんと意味が通じる文章になっているのです。ようやくいうことがなくなると、アミーラはこういってしめくくりました。

「アビー、手紙をくれて本当にありがとう。あなたと家族のみなさんの健康をお祈《いの》りしています。

アフガニスタンの友人

アミーラ・バヤト」

サディードは約束したとおり、アミーラがいったことを一語一語そのまま書きとめました。ノートを見せると、アミーラはにっこり笑っていいました。「ありがとう、代筆屋さん。」

アミーラはこしかけていた長いすから飛びおりると、お母さんの手伝いをしにいきました。お母さんはこれから、平たくのばした丸パンの生地を、村の共同のパン焼《や》き釜《がま》に持っていくのです。

二人がまだ家を出ないうちに、サディードはもうアミーラの手紙を英語に訳《やく》し始《はじ》めていました。まずノートの新しいページに下書きをして、それをきれいな字で、白い真新しい便箋に清書しました。十五分もすると、便箋の表がうまりました。それから十分後、便箋の裏《うら》の半分まで書いて、全部終わりました。あとはアミーラが自分の名前を書けばいいだけです。

サディードは慎重《しんちょう》に便箋をノートにはさんでとじると、帽子《ぼうし》と上着を身につけ、お父さんの店へ向かって飛び出していきました。小麦粉とレンズ豆と米が新しく入荷《にゅうか》する予定なので、お父さんとおじさんが重い袋《ふくろ》を積み上げるのを、手伝おうと思っていたのです。

サディードはきびきびと歩いていきました。市場まではほとんど登り坂で、町の中心部を抜《ぬ》ける大通りを、五百メートル以上歩かなければなりません。

村への急な坂道を登るトラックの音が聞こえてきましたが、その音は市場の反対側、道路が広くなっているほうから聞こえてきたものです。家の近くでは、すれちがうものといえば車ではなく、食べ物の包みや袋をかかえて市場から帰る女性《じょせい》や女の子がほとんどです。サディードは、同じ方向に歩いている人々をながめました。羊毛の大きな包みを運んでいる羊飼《ひつじか》い。肩にかついだてんびん棒《ぼう》に、炭の袋を二つぶら下げた女の人。ロバを引く男の子。ロバの鞍《くら》には、じゅうたんの包みがくくりつけられています。サ

ディードの目には全部見えていましたし、近所の人に声をかけられたときには、にっこりと会釈《えしゃく》をしました。でも、心はどこかへ飛んでいました。さっきの手紙の代筆屋のことが、まだ頭から離れないのです。

アミーラがいきなり泣き出したときにはびっくりしました。きっと、りっぱな手紙を書きたかったのでしょうし、いい仕事をして誇《ほこ》らしい気持ちになりたかったのでしょう。〈もちろんぼくだって、いい仕事をしたかったんだ。〉と、サディードは思いました。〈だけど、だからって泣いたりなんかしないぞ。〉

そう考えると、妹と自分はずいぶんちがうものです。一般的《いっぱんてき》な女の子とも。それから数分間、そのことが頭の中をぐるぐるまわっていました。女の子って、さっぱりわかりません。

市場に近づくと、土の道は広くなって町の中心部に出ます。道の両側にある商店は、入り口が道路より高くなるように作られています。岩や泥《どろ》でできたひざたけくらいの壇《だん》が、商店にそってまっすぐのびていて、ポーチのようなつくりです。店の屋根は共有になっていて、ポーチまでかぶるように突《つ》き出《だ》しています。おかげで急に雨が降《ふ》っても、店の主人や商品がぬれなくてすむのです。どの店にも、両開きのどっしりした木のとびらがあって、商売をしているあいだは開き、夜になるとしめてかんぬきをかけます。

一年のうちこの時期は、市場はいつも活気がなくてひっそりしているなあと、サディードは感じています。商売をしているのは、道の両側の商店しかありません。サディードがすきなのは、春の終わりから秋にかけて。市場は朝から晩《ばん》まで、屋台や小さな台車やかごを置いたり、地面に布《ぬの》を広げたりしてものを売る商売人たちでうめつくされるのです。じゃがいも、くだもの、香辛料《こうしんりょう》、靴《くつ》、道具、本、炭、灯油、衣類、革製《かわせい》品《ひん》、布、台所用品、肉、鶏《にわとり》、携帯《けいたい》ラジオ、木材、薪《まき》ストーブ、自転車、お茶——市場がにぎやかなときには、ほぼどんなものでも手に入れることができます。

「腹《はら》はへってないか、ぼうず？」お父さんの店まであと五、六軒《けん》というところで、サディードに声をかけてきたのは、ラフィという食料品店の主人です。ラフィはケバブという串焼《くしや》きの肉を差し出しました。「いわずもがな——男の子はいつだって腹ペコだ。ほら、持っていけ。」ラフィは片目《かため》をつぶっていいました。「おまえの父さんのつけにしといてやるからな。」

サディードはにやっと笑って、羊肉と赤ピーマンの串焼きを受けとりました。「うーん、いいにおい。ありがとう。」

「いつか金を払《はら》って買ってくれよ。」ラフィはいいました。「それと、そのケバブはどこで売ってるか、みんなにいってまわってくれ。」

焼いた肉にかぶりつきながら、サディードは午後の仕事はどんなようすか、首をのばして見てみました。お父さんの店は二軒分の広さがあります。一軒分はほとんど倉庫として使われています。残りのほうはきちんと片付《かたづ》いていて、お客さんが中へ入って品物を買うことができます。天井《てんじょう》から下がっているはかりで重さをはかってあげるのです。

倉庫の前のポーチには、穀物《こくもつ》や粉の袋が四、五十袋積んでありました。トラックでカブールから運ばれてきたものもあれば、明らかに地元の製粉所や農家から、ロバや牛車で運んできたであろうものもあります。値段《ねだん》の交渉《こうしょう》をする場にいたかったなと、サディードは思いました。お父さんはいつもうまい取引をするのです。

「やっと来てくれたのか。どうやらおやつを持ってきてくれたようだな。」お父さんは真顔でしたが、冗談《じょうだん》をいっていることは、サディードにはわかりました。袋の山をあごで指しながら、お父さんはいいました。「さあ、それはおまえが食べたらいい。これから力仕事をしてもらうからな。」

それから一時間半、サディードはアシフおじさんといっしょに働きました。まず倉庫の掃除《そうじ》、つぎに新しくきた袋を、入り口からいちばん遠いところに積みました。古い粉や穀物は、だめにならないうちに、先に売ってしまうことが肝心《かんじん》なのです。

働きながら、サディードはアミーラの手紙のことを考え続けていました。そして、クモみたいに壁にへばりついていた女の子のことも。そのとき、女の子が山について聞いてきた質問《しつもん》に、アミーラは答えていないじゃないか、と気がつきました。それに、家族についてもあんまり語っていません。〈ぼくだったら、もっとずっとおもしろい手紙が書けたんだけどな。〉サディードは思いながら、二十キログラム入りの粉の袋を、いちばん上に積み上げました。〈いや、ぼくには関係ないことだ。〉サディードは、手紙のことはもう考えないようにしました。

翌朝《よくあさ》、七時数分前に、サディードは校舎《こうしゃ》の入り口でマフムード先生に会い、アミーラの手紙をわたしました。

封筒《ふうとう》はまだのりづけしていません。先生はいいました。「読んでもいいかい？」

「もちろんです。」サディードはいいました。

先生は手紙を取り出すと、朝の光が便箋にふりそそぐように体の向きを変えました。そしてさっと目を通すと、ほほえんでいいました。「いいね。ありがとう、サディード。」

「いえ。」サディードは片方の足からもう片方の足へ、体重を移動《いどう》させました。

先生がいいました。「何かほかにあるのかい？」

サディードは、ノートにはさんでいた便箋を何枚《なんまい》か取り出しました。「じつは……ゆうべアミーラの手紙を書きなおしてみたんです。質問に答えてない部分があるようだったので。それで、ぼくがこう書いてみました。」

先生は便箋を受けとって、読み始めました。そして、またほほえみました。「これはすばらしい。とてもいいよ。アミーラはこう書きなおしたのを気に入ったのかい？」

「見せたところは、いいといってました。でも、全部見せたわけじゃありません……まだ。」

「しかし、手紙の最後にはアミーラの名前が書いてあるじゃないか。」

サディードは肩をすくめました。「書くようにいったので書いたんです。どっちの手紙にも名前を書かせました。」サディードはしばらくことばを切ってから、またいいました。「それで……どっちの手紙をアメリカに送りますか?」

答えは明らかです。マフムード先生は村の長老たちにこういっていたではありませんか。

「正確《せいかく》なつづりや文法で書かれた、もっともすぐれた文章をこそ、送るべきではないでしょうか?」

ところが先生はこういったのです。

「最初の、アミーラが書いた手紙がいいんじゃないかな。だが、両方ともわたしに預《あず》けてくれないか? いずれにせよ、夜までにはこの村からアメリカに向けて、りっぱな手紙が投函《とうかん》されることになるよ。さあ、授業《じゅぎょう》に行こうか。」

そういうわけで、木曜日の朝、カブールの北の丘《おか》で学校が始まったのです。

第8章　森の中

十一日後、そこから一万千キロ以上西へ行った地で、アビー・カーソンはスクールバスを降《お》り、長い私道《しどう》を歩いて、生まれたときから住んでいる古い農家の裏口《うらぐち》から中へ入りました。

「ただいま。」アビーは大きな声でいいました。

返事はありません。アビーは、やった、と思いました。父さんも母さんも、まだ仕事からもどっていないということです。三月の終わりの天気のいい月曜日の午後のこと、宿題も一時間以内で終わらせることができそうなので、アビーは学校のかばんをすぐそこに放《ほう》り出《だ》し、学校用のスニーカーを脱《ぬ》ぎ捨《す》てると、登《と》山靴《ざんぐつ》をはき、緑色のリュックをつかんで森へ向かいました。

緑色のリュックには、懐中電灯《かいちゅう》、ライター、方位磁石《ほういじしゃく》、ポケットナイフ、折りたたみ式のこぎり、小型おの、じょうぶな登山用ロープ、六十メートルもあるナイロンひも、水一リットル、防寒《ぼうかん》シート、ナイロンのレインコート、鉛筆《えんぴつ》、ノート、それにオートミールバーが十本以上入っています。アビーはまっすぐ北へ向かいました。冬枯《ふゆが》れの芝生《しばふ》を横切り、下生えがぼさぼさ生えている森を抜《ぬ》ける道まで来ると、アビーはリュックに手を入れ、お目当てのオートミールレーズンバーを見つけ出して、むしゃむしゃ食べ始めました。

三分も歩かないうちに、文明の気配はすべて消えてなくなり、アビーは森でひとりぼっちになりました。でも実際《じっさい》は、まだ自分の家の裏庭にいるのです。アビーの家の敷《しき》地《ち》は六十七エーカー（注・一エーカーは約四〇四七平方メートル）もあるからです。家と庭と納屋《なや》と牧草地が八エーカーくらい、畑が四十エーカー、残りが森です。

家の切《き》り盛《も》りをするのは母さんです。ここは母さんが育った家なので、それはうなずけます。アビーの祖父母《そふぼ》が仕事を引退《いんたい》してアリゾナ州へ引《ひ》っ越《こ》したとき、アビーの父さんと母さんは、このままこの農場に住み続けると決めたのです。

畑の担当《たんとう》は父さんですが、正確《せいかく》にはちがいます。実際に畑仕事をしているのは、一マイル先から通ってくるブレント・コリンズで、父さんはトウモロコシや大豆の値段《ねだん》があがってきたときに、ときどき畑のようすを聞くくらいです。

アビーの兄さんのトムは、納屋と小さな牧草地を自分のものにしています。そして、納屋の屋根裏に自分の基地《きち》を作ったり、郡の青少年クラブのフェアに出品するための羊を育てたりしています。というか、前はそうしていました。高校に通うようになってから、トムは家畜《かちく》よりも、コンピューターのほうに興味《きょうみ》が行くようになってきました。

アビーは八歳《さい》になるころに、森は自分のもの、と決めました。今でも自分がいちばん得をしたと思っています。アビーは十九エーカーある森をすみからすみまで探検《たんけん》しました。北の境界《きょうかい》にある小川から、東のはしの道路、そしてフェンスでくぎられた西の境界まで。どこにイバラの茂《しげ》みがあるか、登っても切れないつるはどれか、ウルシの木立はどこにあるか、アビーは全部知っています。ササフラスの若木《わかぎ》はどこに行けば見つかるか、野生の黒イチゴはどこで探《さが》したらいいのか、腹《はら》の赤いドロヘビはどこでつかまえられるか、ウサギの巣穴《すあな》はどこにあるか、アライグマはどの木のうろで冬眠《とうみん》するのか、春の午後ミミズクがどの松の木で眠《ねむ》るのか、そんなことも全部知っているのです。

きょう、アビーは新しく作っているツリーハウスへ向かっていました。それは普通《ふつう》のツリーハウスではありません。なぜなら、この特別なオークの木は倒《たお》れているからです。もともとは高さが約二十五メートル、幹《みき》の直径は一メートルくらいの木でした。去年の七月、大嵐《おおあらし》にあって木はかたむき、直径五メートルくらいの根のかたまりが、地面からむき出しになってしまいました。その根のかたまりのおかげで、木の根元のほうは地面から二メートルくらい浮《う》いています。木の上のほうは、大きく広がった枝《えだ》が支《ささ》えになって、ドサッと倒れずにすんでいます。木の幹は二十度くらいの角度で上にあがっていて、岩礁《がんしょう》に乗り上げた船のデッキみたいに見えます。アビーは、いちばん太い枝をはしごのように使って地面から幹まで登り、今度は幹を渡《わた》り板《いた》のように歩いて、もつれた枝々の中へ入っていくのです。

そこはまだまだ、とりでと呼《よ》ぶにはほど遠いものでした。これまでに、三メートル以上ある枝を二十本くらい切り落とし、ロープで結び、それを幹の上のほうにくくりつけて、床《ゆか》部分を作ってあります。それから、短めの枝の束を、床の一辺から、梁《はり》としてくくりつけた枝までわたしてあります。これで簡《かん》単《たん》な差《さ》し掛《か》け小屋になっているのです。西がとじていて東があいているので、風がよく入ります。屋根には葉のついた小枝を何《なん》層《そう》にも重ねていて、雪や雨を通しません。近くの常《じょう》緑《りょく》樹《じゅ》の枝をでこぼこの床にたくさん敷《し》きつめると、ふわふわやわらかいすわり心地《ごこち》になります。

ツリーハウスというより、ゴリラの巣に近い見《み》栄《ば》えですが、六メートル以上の高さのところにあるので、地面からは見えません。根が浮いてしまったため、九月下《げ》旬《じゅん》には葉っぱは茶色くなってしまいましたが、秋と冬のあいだ、葉はほとんど落ちませんでしたから、小屋はうまく隠《かく》れていました。つぎの夏には、この隠れ家をすばらしく居心地《いごこち》のいい場所にしたいと、アビーは考えていました。

去年の十月には、弓と矢を作りたくてインターネットを調べていたアビーは、アメリカ陸軍サバイバルマニュアルというものを見つけて、居間のパソコンにダウンロードしました。作り方の指《し》示《じ》にしたがって、枯れたオークの木から芽生えた若木を見つけ、それを手おので慎重《しんちょう》に切って曲げ、ナイロンの糸のついた、じょうぶな弓に仕上げました。そして秋のあいだじゅう、長いまっすぐな棒《ぼう》を見つけるたびに、矢を作ってためていました。

弓を使った狩《か》りは、地面を歩きまわって行うものなので、アビーはビニール袋《ぶくろ》に包んだ弓と矢を、木の上の小屋ではなく、倒れた木の根元に葉っぱを集め、その中に隠していました。きょうは何か獲物《えもの》をねらう練習をするつもりでした。ウサギを上手にしとめるところを想像《そうぞう》していましたが、うまくできるようになるまでには、おなかがぺこぺこになってしまうかも、と覚悟《かくご》していました。

倒れたオークの木が目に入ったちょうどそのとき、アビーの携帯《けいたい》電話がポケットでふるえました。画面を見なくても、だれからだかわかります。

「もしもし、父さんね？」

「ああ、そうだよ——もう帰れると思っていたんだが、急ぎの仕事が入ってしまったんだ。母さんはきょうは五時半まで仕事だ。おまえはだいじょうぶかい？」

「うん、だいじょうぶ。」

「そうか、それならいい――。」

そのときアビーの頭上で、カラスが一羽、警戒《けいかい》するようなするどい鳴き声をあげました。

父さんがいいました。「家じゃないのか？」

「あ、うん、でもあたし――。」

「アビー、いいわけはいい。今すぐうちへ帰って、宿題をやりなさい。」

「でも、今出てきたばっかりなのよ、父さん。外に出たいの――父さんだっていつもいってるじゃない、新鮮《しんせん》な空気はいいものだって。一時間したら帰るから。約束する。きょうはそんなにたくさん宿題出てないの。」

「それだけじゃない、もっとあるぞ、宿題が。」

「え？　どういうこと？」

「けさ早く手紙が来たんだ。台所のカウンターにのせておいたんだが、気がつかなかったのかもしれんな。おまえのペンフレンドからだ。」

「マジで⁉」

「ああ、〝マジで〟だ。だが今夜返事を書かなくてはならないし、時間がかかるだろう？　だから、今すぐうちへ帰れといっているんだ。」

「三十分だけだめ？」

少し間《ま》があきました。「三十分たったら帰るんだな？」

「うん、三十分。」アビーはいいました。

「約束するか？」

「約束する。」

「よし、わかった。じゃああとでな、アビー。」

「じゃあね、父さん。」

ポケットに携帯電話をしまいながら、アビーはにっこり笑いました。議論《ぎろん》に勝ったようなものです。そのうえ、森での三十分間の自由時間を手に入れたのです。

ところが、八分後、アビーはもう台所に立っていました。

森はどこにも行かないし、もう何百回も来ています。

でも、地球の反対側の山岳《さんがく》地帯に住む人から手紙をもらうなんて、生まれて初めてのことだったからです。

第9章 アメリカのアビー

アビーは台所のカウンターで、自分の名前と住所が書かれた手紙を手に取り、航空便の切手の奇妙《きみょう》な文字をながめていました。

そして、封《ふう》を破《やぶ》き始《はじ》めましたが、手を止め、くだものナイフを探《さが》してくると、封筒《ふうとう》に貼《は》ってある切手を破かないように、上のへりにそって切りさいていきました。

アビーはカウンターのいすにこしかけて、便箋《びんせん》を取り出し、開いて読み始めました。

親愛なるアメリカのアビーへ

わたしの名前は、アミーラ・バヤトです。年は十歳《さい》で、ここパンシール地方の小学校に通っています。わたしが住んでいる村は、バハーランといいます。首都のカブールから北へ百二十キロ行ったところです。そんなに離《はな》れてはいませんが、道が悪いので、車で五、六時間かかります。わたしはまだカブールへは行ったことがありませんが、父とアシフおじさんは何回も行っています。

山が見えるかという質問《しつもん》ですが、答えはイエス。この村のどこからでも、山が見えます。この季節、夜になると、勾配《こうばい》の急なところから氷や雪がすべって、下の谷へ落ちる音が聞こえます。巻《ま》き込《こ》まれる人がいなければいいのですが。

わたしは四人家族です。母は家の仕事のほかに、五人の女の人たちといっしょに、裁《さい》縫《ほう》の仕事もしています。父はおじさんと店をやっていて、粉、米、その他の穀物《こくもつ》や食用の種を売っています。それから、サディードという兄がいます。六年生で成績《せいせき》がよく、たびたびクラスでいちばんになります。力も強いです。本を読むことと絵を描《か》くことがすきです。先生に、詩を書く才能《さいのう》があるといわれたこともあります。でも、兄はうぬぼれてはいません。とてもいい人です。凧《たこ》あげは得意中の得意です。けんか凧《だこ》にはよく勝ちます。

写真を見ると、あなたは建物の中にある石の壁《かべ》に登っているのですね。よくやっているのですか？ それはどうしてですか？

うちにはカメラがないので、写真を送ってあげることはできません。でも、兄にたのんで、ちょっとした絵を描いてもらうことにしました。絵を描くのはすきですか？ 家には本はたくさんありますか？ アメリカはとても豊《ゆた》かな国だと聞いています。うちには今のところ、本は一冊《さつ》しかありません。兄が先生から借りてきた小説です。

わたしはふだん、ダリー語ということばを使っていますが、英語も勉強しています。兄は、自分と同じように、わたしもいつか英語の達人になるだろうといっています。

わたしの村では、女の子が全員学校へ行くことを許《ゆる》されているわけではありません。わたしは本を読んだり勉強したりするのがすきなので、父が許可《きょか》してくれてよかったです。いつか大学へ行って、先生になりたいと思っています。わたしたちの国では先生がおおぜい必要ですし、わたしはいい先生になれると思います。

お手紙の中で、アフガニスタンではよく戦闘《せんとう》が起きていると聞いている、とありますね。それは本当です。でも、わたしたちの村ではもう半年近く、銃撃戦《じゅうげきせん》や爆弾騒《ばくだんさわ》ぎは起きていません。だからほっとしています。いちばんひどい戦いのあったころは、わたしはまだ赤《あか》ん坊《ぼう》でした。兄のサディードは、爆弾の音や銃撃や人々の悲鳴をよく覚えています。大通りをはさんでうちの向かい側にあった家が、ロケット弾で吹《ふ》き飛《と》ばされたそうです。その家のおばあさんは、それから二日間、昼も夜も道にすわりこんで泣いていたそうです。でも、それはもうずっと前の話。今では状況《じょうきょう》はよくなり、ずっと安全になりました。

兄が書いた詩をここに書いておきますね。英語だとなんだか変ですが、わたしは気に入っています。兄があなたに送ってもいいといってくれたのです。

凧に二つ、目を描いた
凧を飛ばすと、山の向こうが見える
海が見えてきた、砂浜《すなはま》にすわりたい
波の音が聞きたい、船が見たい

そうしてまた、凧を引きもどすのだ

そろそろ書くのを終わりにします。でも、すごく遠いところにいるあなたが、まさにこの便箋を手に持っていると考えると、また、あなたが読んでいる文面を、同じ太陽が明るく照らしていると思うと、うれしくなります。

あなたと家族のみなさんのご健康と幸せをお祈《いの》りしています。

アフガニスタンの友人
アミーラ・バヤト

アビーは一分以上、その手紙を持ってすわっていました。手紙をもらうのは初めてではありません。おじいちゃんやおばあちゃんから誕生日《たんじょうび》カードをもらったり、歯医者から定期検診《けんしん》のお知らせが届《とど》いたりします。地元の青年団《せいねんだん》からも毎月何かが届きます。けれど、この手紙はどうでしょう？　ロケット弾が近所の家を吹き飛ばしてしまうような、夜、なだれの音が響《ひび》くような、そんなところに住んでいる女の子からの手紙なんです。こんな手紙は生まれて初めてです。

この女の子がどんなに一生けんめいこの手紙を書いたのか、アビーにはわかるような気がしました。子どもが書いたというより、一文字一文字、芸術家《げいじゅつか》が描いたようです。線で消した文字や消しゴムの跡《あと》もないし、字のまちがいもありません——アビーにわかる範囲《はんい》で、ですが。「首都」なんていう字も正しく書けています。

それに、十歳の女の子が、外国語で自分のことをこんなに上手に表現《ひょうげん》できるなんて、アビーには驚《おどろ》きでした。アビーは「おはよう」とか「朝」くらいのスペイン語の単語を少し知っているだけです。フランス語で「こんにちは」や「さようなら」もいえます。でもそれだけ。この子は天才にちがいありません。

いちばんうれしかったのは、お兄さんが描いたという三枚《まい》の絵。タイプ用紙のような紙に鉛筆《えんぴつ》で描かれただけですが、すばらしいものでした。

一枚めは女の子の家族の絵で、それぞれ上に名前が書かれています。お母さんのナジアは猫背《ねこぜ》で肩幅《かたはば》のせまい人ですが、気高く上品そうです。両手を前で軽く組んでくつろぎ、頭をおおっているスカーフが、口からあごにかけて隠《かく》しています。お父さんのザキールは背が高くやせていて、目は黒く、まゆは太く、歯を見せて笑っていますが、人なつこそうなしわがくっきりときざまれています。長そでのシャツに黒いベスト、てっぺんが平たくてつばのない帽子《ぼうし》を、額《ひたい》の半分が隠れるようにかぶっています。アミーラという女の子は、お母さんと同じように頭にスカーフを巻いていますが、顔は隠していません。明るくかわいい顔つきで、口元にはあたたかいほほえみを浮《う》かべています。ちょっと寄《よ》り目《め》かもしれません。よく目を近づけて見てみると、女の子ははなをたらしているようにも見えます。お兄さんの名前はサディードです。腕組《うでぐ》みをして、あごをあげて立っています。そのあごには強い意志《いし》が宿り、目は何も恐《おそ》れることなく、挑戦的《ちょうせんてき》ともいえるほどまっすぐ前を見すえています。お父さんと同じようなベストを着て帽子をかぶり、背の高さも同じくらいです。

二枚めの絵には、「玄関《げんかん》の外」という題がついていました。二匹《ひき》のヤギが土の道のわきで、背の低い草を食べているようすが手前に描かれています。ヤギの向こうには女性《じょせい》が二人歩いています。一人は頭から地面に届くほど長い黒いドレスを着て、顔もすっぽり隠れています。もう一人はアミーラのお母さんと同じような長いドレスと重そうなコートを着て、スカーフで目以外のすべてをおおっています。頭にスカーフを巻いた女性は、編《あ》んだかごのようなものを片方《かたほう》の手と腰《こし》で支《ささ》えています。女性たちの前方では、少年が短い棒《ぼう》を使って、薪《たきぎ》の山を背負ったロバを追っています。道の両側には、平たい屋根の背の低い家々が、はるかかなたまで、ごちゃごちゃと寄りそうように並《なら》んでいます。リンズデールのセントラル通りとはだいぶちがいます。

そして三枚めは、山の絵でした。雪をかぶったゴツゴツした峰《みね》が、空に届きそうなほど高く高くそびえています。下界の村の家々や道は、アリの農場のようです。

手紙を読み返し、三枚の絵をさらによく見ていたアビーは、自分がアフガニスタンに送った手紙のことが恥《は》ずかしくなってきました。覚えているかぎり、アビーはあの手紙に十分くらいしかかけていません。もらった返事はこんなに長くて……おまけまであります。アミーラという女の子は、これを書くのにかなり時間をかけたでしょうし、お兄さんが描いてくれた絵も、もちろん手間がかかっています。

でも、恥ずかしいという気持ちはすぐに消えました。またたくまに決意に変わったのです。アビーは、つぎの手紙は今もらった手紙と同じくらい、いえ、もっとすてきな手紙にしようと決心しました。

＊　＊　＊

四時十五分ごろ仕事からもどってきた父さんは、どうせアビーを森から呼《よ》びもどさなくてはならないだろうと思っていました。ところが、家に入ってみると、アビーが居間《いま》でトランプ用テーブルにかじりついて、地図と紙と百科事典を広げ、ノートに何か書きこんでいるではありませんか。

「やあ、ただいま、アビー――何をしているんだい？」

アビーは顔もあげません。「文通の手紙。ちょっとだまってて。」

父さんはにやっと笑うと、夕食の支度《したく》をしに台所へ行きました。

第10章 注目の的

午前クラスの子どもたちは全員、アミーラがアメリカの文通相手から、二回めの手紙をもらったことを知りました。四月の火曜日の授業《じゅぎょう》が始まる数分前、みんなはアミーラのまわりに集まって、アミーラが英語を訳《やく》しながら手紙をゆっくり読むのを、お互《たが》いにシーッといいながら聞きました。アミーラが途中《とちゅう》でやめると、もっと読んでとせがみ、押《お》し合《あ》いへし合いしながら、かわるがわる封筒《ふうとう》をながめました。

でも、サディードはそうしませんでした。いちばん前の長いすにこしかけ、鉛筆《えんぴつ》を手にノートに向かっていました。

ナジーブがサディードの肩《かた》をなぐっていいました。「サディード、妹の手紙見たか？あの封筒。でっかいぜ！　切手も。すげえよ――いろんな絵が描《か》いてあるんだ！」

サディードはふん、と鼻を鳴らしました。「ちっちゃい子とおバカは、あんなもので喜ぶんだから世話ないな。ぼくは勉強があるんだ。じゃましないでくれよ。」

ナジーブは肩をすくめました。「すきにしろ。でもそのうち、脳《のう》みそが少し休みをくれって、鼻から流れ出してくるぞ。」そういうと、行ってしまいました。

マフムード先生が教室のみんなを静かにさせてから、授業を始める前にこういいました。

「アミーラ、前に出てきて、アメリカへ送った手紙のことを話してくれないかな？　それから、今受けとったばかりの手紙のことも。」

アミーラは少しのあいだ、もじもじしたそぶりを見せていましたが、すぐに教室の前へ歩いていきました。横目で見ていたサディードには、アミーラは注目されるのがうれしくてたまらないんだとわかりました。

「えーと。」と、アミーラ。「わたしのアメリカの友だちは、アビーという名前で、二つ年上です。アビーにはお兄さんとお母さんとお父さんがいます。わたしとちょうど同じです。住んでいるのは、アメリカ合衆国《がっしゅうこく》の真ん中、イリノイ州というところの農場です。アビーが最初、わたしに手紙をくれたので、つぎにわたしが……。」

アミーラは話し続け、クラスのみんなは耳をかたむけます。アミーラが写真をかかげると、みんなは首をのばして見ます。

でも、サディードはそうしませんでした。聞きもしないし、見もしません。何をしているのかといえば、怒《おこ》らないようにすることと、感情《かんじょう》が顔に出るのをおさえることでした。

なぜかというと、マフムード先生が最終的にアメリカへ送ったのは、アミーラの手紙ではなく、サディードのだということは明らかだからです。ですから、アメリカ人の女の子が受けとったすばらしい手紙とアミーラは、まったくといっていいほど関係ないのです。それなのに、アミーラがクラス全員の前に立って、偉大《いだい》な作家であるかのようにふるまっているのです。

サディードが必死に聞かないようにしているにもかかわらず、アミーラの話はどうしても耳に飛びこんできてしまいます。

「アメリカの女の子は、わたしたちとちがうところもあれば、同じところもあります。でも、友だちのアビーの学校は、ここととはだいぶちがっていて、大きさも大きいです。それから、特別な先生が一人いて、その先生が教えるのは壁《かべ》を登る方法です！」

サディードはまた聞くのをやめようと、頭の中で九九をとなえ始めました。三分後、ようやく先生がアミーラの話を終わらせて席につかせたので、サディードはほっとしました。

けれども午前中ずっと、先生が年の大きい子どもたちにかかりきりになるたびに、アミーラとクラスメートたちは、手紙のことをひそひそ声でしゃべっていました。

午前中ずっとアミーラは注目の的で、とても楽しそうでした。

でも、サディードはちがいました。

第11章 現実《げんじつ》の人間

お昼になり、二人で学校から帰ってくると、サディードはいいました。「あの手紙、ちょっと見てみるか。きょう返事を書かなくちゃならないんだろう？　また英語を教えてやらなくちゃならないからな。」

アミーラは手紙を背中《せなか》に隠《かく》しました。「見たいなら見たいって、はっきりいえば、お兄ちゃん？　気になってしょうがないんでしょ。ほんとは見たくてたまらないくせに、アメリカ人の女の子がなんて書いてよこしたか。学校ではそんなの関係ないって顔してたけど。」

サディードは顔をしかめました。「ほら、貸《か》せよ。さもないと返事を書くの、手伝ってやらないぞ。」

「はいはい、わかりました。」アミーラはにやっと笑いながらいいました。「読みたくてたまらないんだものね。彼女《かのじょ》、お兄ちゃんの絵、大すきだって。お兄ちゃんの詩も。」

アミーラは手紙をわたすと、玄関《げんかん》へスキップしていきました。「母さんの裁縫《さいほう》のお手伝いに行ってくる。だからお兄ちゃん、カノジョと二人きりになれるよ。」

「ふざけるな。」サディードは怒《おこ》っていいました。「早く帰ってこいよ。あしたまでに、また返事を書かなくちゃならないんだからな。」

「わかってるって。あたしが友だちのアビーに、今度はどんなことをいうのか知りたくてたまらないんだものね――ロマンチックなお兄ちゃんのことについて！」アミーラはそういうと、サディードがいい返すまもなく、玄関から飛び出していきました。

サディードは長いすにこしかけ、手紙をひっくり返してみました。ナジーブがいったとおり封筒《ふうとう》は大きく、ノート一ページ分くらいあります。右上には切手が九枚《まい》、きれいに貼《は》ってあります。これはまるで〈小さな絵でたどるアメリカの生活〉といったおもむきです。

一枚はにっこり笑うミッキーマウス。つぎの一枚は野球選手。身をかがめるピューマの絵もあれば、巨大《きょだい》な角を持った大きなシカのシルエット、四枚の羽を持った美しい虫の絵もあります。この虫は頭が大きく尾《お》が細長くて、まるでヘリコプターみたいです。オリンピックの五つの輪の上ではねている女の子の絵もありますし、ニューヨークのクライスラービルの絵、それに真ん中が茶色く、花びらが黄色いヒマワリを大きく描《か》いた絵もあります。それらの切手に囲まれた真ん中には、夜空にはためく星条旗《せいじょうき》の切手。旗のうしろには月が見えます。どの切手も小さな芸術《げいじゅつ》ですし、こうしていっしょにすると、効果《こうか》は抜群《ばつぐん》です。

サディードは封筒に手を入れて、カラー印刷された写真を三枚取り出しました。いちばん上にあったのは、テレビのニュースで見たことのある、パンシール地方の写真でした。人工衛星《えいせい》が宇宙《うちゅう》から撮《と》ったものです。写真のいちばん上に、「このけわしい山々が大すき！」と書いてあります。

つぎの写真は、サディードが見たこともないくらい、一面に豊《ゆた》かな緑が広がるトウモロコシ畑でした。畑の手前に男の人が立っていますが、茎《くき》はその人より高くそびえ立ち、穂《ほ》の出たトウモロコシが重そうに実っています。緑と金色のトウモロコシが何列も何列も続き、畑は見わたすかぎり向こうまで広がっています。写真の上のほうにはこう書いてありました。「去年の八月、うちのトウモロコシ畑の前にいる父さん。見てのとおり、まっ平らな土地‼　すごく退屈《たいくつ》。」

三枚めの写真は少し小さめで、紙の真ん中に長方形に印刷されています。家族写真でした。赤レンガでできた暖炉《だんろ》の前に、四人が立っています。これはサディードが描いて送った家族の絵に応《こた》えたものなのでしょう。

同じように、それぞれの人物の上に名前が書いてあります。お父さんのロバート・カーソンはえりもとを開いた白いシャツに、紺色《こんいろ》の上着、黄褐色《おうかっしょく》のズボンです。金ぶちめがねの奥《おく》の目は茶色く、額《ひたい》が広くて濃《こ》い茶色の髪《かみ》をしています。家族といっしょにいて幸せそうです。

お母さんのジョーン・カーソンは、背の高さがお父さんと同じくらいあります。髪は茶色というより金髪《きんぱつ》に近く、青い目でまっすぐカメラを見つめて、自信に満ちたほほえみを浮《う》かべています。くちびるには赤い口紅《くちべに》がぬってあります。白いシャツの上にあわい緑色の上着をはおり、同じ色のズボンをはいています。サディードは生まれてこのかた、ズボンをはいた女の人は一回しか見たことがありません。その人は一年前に村に来た、国連の救援《きゅうえん》隊員でした。

お母さんのとなりはお兄さんのトム・カーソン。たった今おもしろいことをいったばかりみたいに、大きく口をあけて笑っています。赤っぽい金髪に青い目、鼻やほおはそばかすだらけで、お父さんよりもお母さんのほうに似《に》ています。白いシャツに黒っぽいズボンをはき、がっちりした広い肩《かた》と大きな手をしています。いつも畑仕事を手伝っていることを物語っているようです。

最後、いちばん右はしにいるのがこの手紙の女の子、アビー・カーソン本人でした。白い長そでのシャツを水色のスカートにたくしこみ、靴下《くつした》をひざのすぐ下まで引っぱりあげています。お兄さんよりずっと細くて、顔も細く、肩幅《かたはば》もせまいのですが、背丈《せたけ》はサディードと同じくらいありそうです。そして、最初に送ってくれた、壁《かべ》にへばりついている写真とはちがって、今度のは顔をまっすぐカメラに向けています。お父さんに似た濃い茶色の目。髪の色はお父さんのほど濃くはなく、お母さんのほど明るくない茶色です。ほほえんではいますが、歯は見せていないので、楽しそうというより、ちょっと困《こま》ったような顔に見えます。なんだかほかのことをしにいきたくてたまらないようすです。両腕《りょううで》を体の横にまっすぐに下ろし、こぶしをにぎりしめています。

手紙そのものも、最初のとはずいぶんちがっていました。まず便箋《びんせん》がちがいます。クリーム色のすてきな便箋で、厚《あつ》みがありしっかりしています。文字も今度は紺色のインクを使ってペンで書いてあるので、ずっと読みやすくなっています。それに、文字の書き方もていねいです。

よく見てみたサディードはびっくりしました。日付とあいさつのあいだに、アラビア文字でことばが書いてあったのです——うまくはないけれど、じゅうぶん読めます。

سلام

それは「サラーム」ということばで、ダリー語で「こんにちは」という意味です。

〈これはうれしいな。〉と、サディードは思いました。〈このアビーって子は、そんなに頭が悪いわけじゃないのかもしれないぞ。〉

手紙は長くはなく、一枚の紙の両面におさまっていました。でも、最初の手紙に比《くら》べたら、まったくの別人が書いたとしか思えないくらい、いい手紙になっていました。

まず初めに、楽しい手紙をどうもありがとう。外国語をあんなによく知っているなんて、とてもすごいですね。いっしょに送ってくれた絵もすばらしくて、すごく気に入りました。学校でクラスのみんなに見せるのが楽しみです。

詩もすてきでした。わたしは自分では作りませんが、一ついい詩を知っています。小さかったころ、寝《ね》る前に母さんがよく読んでくれた絵本の中にあったものです。

雨は降《ふ》ります
雨が降る

野原の上に
木の上に
雨は降ります
この傘《かさ》に
海に浮かんだ
お船にも
（注：ロバート・ルイス・スティーヴンソン詩、よしだみどり訳《やく》『子どもの詩の園《その》』「雨」より）

いい詩だと思いませんか？　これはロバート・ルイス・スティーヴンソンという人の詩です。この人は冒険《ぼうけん》ものの作品も書いていますが、わたしはまだ読んだことがありません。本を読むのはきらいではないのですが、じっとすわっているのがすきではないのです。外で何かするほうがすきです。最近、家の裏《うら》にある森の倒木《とうぼく》に、とりでを作っています。今度携帯《けいたい》で写真を撮って、つぎの手紙といっしょに送りますね。

あなたの国アフガニスタンではどんな暮《く》らしをしているのか、わたしにはなかなか想《そう》像《ぞう》できませんが、あの絵でずいぶんわかりました。それから、インターネットでアフガニスタンの写真をたくさん見つけました。今では、テレビでアフガニスタンのニュースが流れると、必ず見ています。まだ銃撃戦《じゅうげきせん》や爆弾騒《ばくだんさわ》ぎがあるのですね。でも、あなたのいる村では、もう長いあいだ安全が保《たも》たれていると知って安心しました。これからもずっと、あなたの村だけでなく、国じゅうが安全だといいですね。あなたの国のことばを勉強しているので、もう一つ書いてみます。

صلح

ダリー語のこのことば、形がかわいくてとてもすきです。英語でPEACE《ピース》（平和）と書くよりも、見た目がおもしろいです。

壁を登っている写真について、質問《しつもん》がありましたね。わたしが登っているのは、フリークライミングの壁です。岩登りを練習するためのものです。学校の中にあって、体育の授《じゅぎょう》業で練習しています。体育の先生がいうには、わたしは力が強く、体重が軽いので、クライミングには向いているそうです。クライミングって、完璧《かんぺき》にやるのがすごくむずかしいので、かえってそこがすきです。でも、アフガニスタンみたいに、この辺に本当の岩登りができる山々があったらいいのになあ、と思います。登山はしたことはありますか？　友だちでしたことのある人は？　前にもいったようにここイリノイでは、土地がまっ平らで退屈です。

これから、ほかの宿題もしなくてはなりません。この学年が終わるまで、勉強でへまはできません。さもないと中学に進学させてもらえなくなるのです。わたしの成績《せいせき》はとても悪いんです。でもだんだんよくなってきています。あなたは勉強がすきで、よくできるんですよね、それはすばらしいことです。その調子でがんばってください！

そういえば、ペットは飼《か》っていますか？　わたしは自分のネコがほしくてたまらないのですが、父さんが家の中で動物を飼うのはすきじゃないんです。でも、納屋《なや》にはネコが六匹《ぴき》くらいいます。だからそれで満足しています。あと、すきな色は何色ですか？

わたしは緑色がすきです。

あなたの髪は何色ですか？　わたしは九歳《さい》まで髪がすごく長かったんです。ときどき三《み》つ編《あ》みにして、それを母さんが冠《かんむり》みたいに頭のまわりにぐるりと巻《ま》いてくれました。あなたの髪は長いですか？　短いですか？　三つ編みにしたことはありますか？　あのスカーフは、いつも巻いているのですか？　家でも？

またお手紙くださいね。楽しみに待っています。

あなたの友だち

アビー

長いすにこしかけたまま、女の子と家族の写真をながめていたサディードは、こんなに遠い存在《そんざい》の人とこんなふうに文通することが、不思議でたまりませんでした。この人たちは月か何かに、いえ、まったく別の宇宙に住んでいるのかと思うほどです。

サディードはアビーの顔を見つめながら、読んだばかりの手紙のことばと、まっすぐにこちらに視線《しせん》を向けているこの女の子とを結びつけてみました。そして、写真に目をこらした瞬間《しゅんかん》、アビー・カーソンはサディードにとって現実の人間になりました。知的で、外にいるのがすきで、自然の美しさや文字の形にまで気がまわる人。すきな色は緑色。

サディードはハッとしました。アメリカにいるこのアビー・カーソンのことを、これまでに出会ったどの女の子のことよりも、ええ、おそらく妹のことよりも、今はくわしく知っているのではないでしょうか。

写真から顔をあげたサディードはびくっとしました。アミーラがじっと見ていたのです。いつのまにか家にもどってきて、サディードのすぐそばに立っていました。

アミーラは片方《かたほう》のまゆをあげて、いたずらっぽく笑いました。

「何を見てるんだよ?」サディードがぴしゃりといいました。

「お兄ちゃんを。」と、アミーラ。「この子のこと、すきなんでしょ?」

「ばかなことというな。全然知らない子だぞ。」サディードはノートに手をのばすと、長いすのとなりにこしかけるように、アミーラを手招《てまね》きしました。「そんなところに突《つ》っ立《た》ってるんじゃない。すわって、手紙にどんなことを書きたいかいうんだ。早くしてくれよ。」

今回は、アミーラが手紙の文面をいうのに、そんなに時間はかかりませんでした。サディードのことをちゃかしたり、アビーに変なことを告げ口したりするようなことはいいませんでした。そんなことをしたらお兄ちゃんに怒られる、ということくらいわかっているからです。アミーラが口でいい、サディードが書きとめて、十五分もたたないうちに終わりました。

それから、アミーラはお母さんの手伝いをしにいき、サディードはノートをしまうと、急いでお父さんの店へと出かけました。

翌朝《よくあさ》、サディードは学校に着くと、先生のところへ行きました。先生は始業前にいつもするように教室の入り口の外に立って、子どもたちが乱暴《らんぼう》な遊びをしていないか、大きい子が小さい子をいじめていないか、目を光らせていました。

「おはようございます、先生。」

マフムード先生はにっこりしていいました。「おはよう。アミーラと、つぎの手紙をもう書いたのかい?」

「いえ、じつは。」サディードはいいました。「まだできていません。でもお昼に帰ったら、完成させます。それで、市場の父さんの店へ行くときに、ついでにその手紙を持っていって、バスの運転手にわたしましょうか。そのほうが先生もめんどうじゃないし。それとも、学校に手紙を持ってきて先生にわたして、先生が市場まで持っていってもいいですけど。」

ちょっと早口にいろんなことをいいすぎだな、とサディードは感じました。先生がかすかにまゆを寄《よ》せてむずかしい顔をしたとき、サディードは息が止まりそうでした。いかにも普通《ふつう》な、自然な提案《ていあん》ですよ、といいたかったのですから。でも、先生の顔に笑顔《えがお》がもどってきたので、少しはほっとしました。

「いや、きみが行って、手紙をわたしてきてくれ。それがいい。」先生はそういうと、ベストのポケットから、しわくちゃのアフガニスタン紙幣《しへい》を取り出しました。「運転手に、手間賃《てまちん》としてこれをわたしてほしい。」

サディードはお金を受けとっておじぎをすると、校庭にまだらもように残っている雪のまわりでサッカーボールをけっている友だちのところへ、走っていきました。

その日の午後三時半ごろ、明るい青でぬったバスが、ガタガタゴトゴト、プッスンプッスンいいながら、市場へやってきました。サディードは約束どおり、バス停で待っていました。バスは無数のアルミのパイ皿で飾《かざ》りつけられていて、青というより銀色に見えます。バスの屋根は低い鉄の柵《さく》で四角く取り囲まれ、その中に、人が少なくとも十五人、ヤギが四頭、ニワトリを入れた木箱が一箱、予備《よび》のタイヤ三本、それに山のような荷物がぎゅうぎゅうつめこまれています。

降《お》りるお客さんが前後のとびらから出たり、屋根から下りたりしたあと、乗るお客さんが料金を支払《しはら》い、中へ入ったり助けの手を借りて屋根に上ったりしました。サディードはそのあと、バスのステップをあがって運転手にていねいにおじぎをしてから、手紙と紙幣を手わたしていいました。「マフムード先生から預《あず》かってきました。」

運転手はにっこり笑ってうなずきました。「そうかい——マフムードだな。よしわかった。今夜カブールで出しといてやるよ。」

するとサディードはベストから別のものを取り出しました。

「それと、これはぼくから。」サディードは別の紙幣と別の手紙を運転手にわたしました。「これもカブールで出しておいてほしいんです。だいじょうぶですか？」

運転手は肩をすくめました。「もちろんだいじょうぶ。」

サディードはおじぎをして「ありがとうございます。」というと、バスから降り、市場へ走っていきました。

お父さんの店には、途切《とぎ》れることなくお客さんがやってきて、サディードは午後じゅう、穀物《こくもつ》や粉をはかっていました。

でも、心の中では、二通めの手紙を受けとったときバスの運転手がいった、「だいじょうぶ」ということばを繰《く》り返《かえ》し思い出していました。

あのことばどおり、「だいじょうぶ」だと信じたい。

今のところはもちろん「だいじょうぶ」です。完璧です。

でも、一週間後はどうでしょう？　二週間後は？
そのときには、話がちがっているかもしれないのです。

第12章 掲示板《けいじばん》

文通課題の手順には四つの項目《こうもく》があって、三番めはとても具体的でした。

③送った手紙のコピーと、受けとった手紙を教室の掲示板に貼《は》り出《だ》す。新しくやりとりしたら、そのつど貼っていく。

ベックランド先生は、アフガニスタンの学校の住所をアビーに教えたあと、教室のうしろにあるコルクの掲示板に、手紙を貼れる場所をあけました。

そのつぎの日、アビーは教室のパソコンを使って、五センチ大の文字で見出しを作成し、掲示板に貼りつけました。

〈アフガニスタンのペンフレンド〉

それから、インターネットで中央アジアの地図をダウンロードして印刷し、見出しの下に貼って、アフガニスタンを太い黒線で囲み、カブールの少し北に赤い画びょうをさしました。

また、インターネットでアフガニスタンの国旗を見つけたので、美術室《びじゅつしつ》の大きなプリンターで拡大《かくだい》印刷しました。この国旗で、掲示板のあいているところをうめようと思ったのです。

アビーは最初の手紙を封筒《ふうとう》に入れる前に、学校図書館へ行ってコピーしました。そして、それを掲示板に貼り出しました。

初めの一週間は、掲示物はちっとも目を引きませんでした。大きな見出し、安っぽい地図、黒と赤と緑の大きな旗、その下に小さな手書きのメモのようなものが貼ってあるのです。そんなものに気がつく人はほとんどいませんし、だれも気にとめません。ええ、だれも。

それから、最初の返事を受けとったつぎの日の朝、アビーはアミーラからの手紙をコピーして掲示板に貼りました。

それがすむと、アミーラのお兄さんが描《か》いた絵のコピーも貼っていきました。

すると、アビーは何をしているんだろうと、女の子たち三、四人が見にきました。

アビーの友だちのマライアがいいました。「その絵、ペンフレンドの子が自分で描いたの？」

「ううん。」三枚《まい》めの絵を貼りながら、アビーはいいました。「お兄さんが絵が得意なの。」

マライアは近づいて、家族の肖像画《しょうぞうが》をながめました。「その、はしっこにいるのがお兄さん？」

「そう。サディードっていうの。」アビーはうなずきました。

「かわいいと思わない？」と、マライア。

「うん、そうね。」アビーは肩《かた》をすくめました。

My Pen Pal
in Afghanistan
here

マッケナが息をのみました。「うわっ——ここ読んだ？　ロケット弾《だん》が爆発《ばくはつ》して、人が死んだんだって！　通りをはさんだ向かいの家だって。」

それを聞くと、男の子が何人もいすから飛び上がってやってきました。それで突然《とつぜん》、十人以上の子たちが、アビーのペンフレンドについての掲示を見ることになりました。

「それで、もう返事は書いたの？」マライアがたずねました。「またここに貼るんでしょう？」

「もう書いたわ。」アビーがいいました。「だけど……いろいろ準備《じゅんび》しなくちゃ。ここに貼るためにはね。」

それは本当はうそでした。

アビーは前の晩《ばん》、二番めに書いた手紙と三枚の写真のコピーを家で取って、学校のかばんに入れておいたのです。おまけにどんな切手を貼ったかがわかるように、封筒のカラーコピーも取りました。

けれど、急にこんなにたくさんの子が興味《きょうみ》を持ったため、アビーはとまどってしまったのです。アミーラに手紙を書いていたときには、すっかり夢中《むちゅう》になっていて、学校の掲示板に貼り出してみんなに読んでもらうことを忘《わす》れていました。もし覚えていたら書かないようなことも書いてしまっています。

アビーはマライアを引っぱって、自分の机《つくえ》までつれてくると、「はい、これ読んで。」と、手紙をわたしました。

マライアが読み終わると、アビーはいいました。「これはあそこには貼りたくないの。みんなに見せたくない。」

マライアはけげんそうな顔をしました。「どうして？　よく書けてるわよ。」

「だって……あまりにも個人的《こじんてき》なことだと思わない？　落第するかもしれないとかなんとかいう部分。」

「だって、もうみんな知ってるじゃない。」と、マライア。

アビーは口をあんぐりあけました。「え、知ってる？」

「そうよ。テストの点を秘密《ひみつ》にしておくなんて、無理無理。それにアビーったら、急に宿題を全部やってくるようになったし、大きな特別課題を始めたでしょ？　それが決定的な証拠《しょうこ》。それにさ、みんなブログとかチャットとか年がら年じゅうやってるから、あんな掲示板に何か貼ったところで、どうってことないの。なんだって筒抜《つつぬ》けなんだから。」

「あたしのことは知らないでしょ。」アビーはまたいいました。

「なんでも知ってるの。」と、マライア。「とにかく、あそこに手紙を貼ったって、べつにどうってことないよ。どっちみち貼らなくちゃいけないんでしょ？　成績《せいせき》をあげるためには。」

「う、うん……。」

「じゃ、貼りなよ。さっさとやっちゃえばいいの。」

それで、アビーはそうしました。教室のうしろへ歩いていき、封筒、手紙、同封の写真三枚のコピーを貼りました。

すると、マライアのいうとおりでした。

だれもアビーをからかったり、よけいなことをいったりしませんでした。数分後にはジル・アカマンがやってきて、「すばらしい手紙だったわ、アビー。」といってくれました。

そういうわけで、課題のうち、手紙を掲示板に貼り出すというところは、うまくいきそうな気がしました。なんとかなるでしょう。どんな手紙が来たとしても、掲示板に貼り出せばいいんです。そして、アミーラへの返信に書きたいことを書く。それをどうぞみんな見てくださいと、堂々と貼り出すのです。

結局、隠《かく》しておくことなんてなんにもないのです。何一つとして。


ところが、それから一週間ほどして、アビーはまたプライバシーについて、考えなおさなくてはならなくなりました。

原因《げんいん》は、アミーラから送られてきた新しい手紙ではありません。アミーラから来た手紙はごく普通《ふつう》の内容《ないよう》で、学校の話題や、アビーからの手紙を友だちみんなで読んだこと、ペットは飼《か》っていないこと、春や夏が待ち遠しいこと、などが書いてありました。それから、山登りなんてしたいと思ったことは一度もないということも。ええ、アミーラの手紙には、ふれてはいけないような問題や、あまりにも個人的なことは、何も書いてありませんでした。

けれど、アミーラの手紙が届《とど》いたのと同じ日に、もう一通の手紙が、やはりアフガニスタンから届いたのです。その手紙が、すべてを変えることになったのです。

第13章 小さな山

木曜日の午後のこと、アビーが学校から帰ってくると、台所のカウンターに手紙が二通置いてありました。どちらもアビーあてで、アフガニスタンからです。二通とも筆跡《ひっせき》に見覚えがありますが、同じ日にアミーラから手紙が二通来るなんて、なんだか変です。

そこで、一通を取り上げて封《ふう》をあけ、アミーラからの簡単《かんたん》な近況報告《きんきょうほうこく》の手紙を読みました。写真も詩も絵もありません。なんだかうすっぺらくて、味気なくて、気の抜《ぬ》けた炭酸《たんさん》飲料のようです。

二通めを手に取ったとき、あくびが出てしまいました。その日は学校がとても忙《いそが》しく、宿題はいつものようにたっぷりありました。おまけに、返事を書かなければならない手紙が二通もあるのです。でも、こう考えました。〈まあ、こっちの手紙は、掲示板《けいじばん》に貼《は》り出《だ》してもおかしくないかもしれないしね。さっさと片付《かたづ》けちゃおう。〉

そこで、アビーは二通めの封をあけ、便箋《びんせん》を取り出して読み始めました。

アミーラのアメリカの友だち、アビーへ

ぼくはアミーラの兄のサディードです。きょうは本当のことをいうためにペンをとりました。本当のことというのは、きみに手紙を書いているのは、アミーラ一人ではないということです。ぼくが手伝っているのです。まずアミーラが書きたいことを口頭でいい、ぼくがグリー語で書きとめます。それから、ぼくが英語に直して手紙を書くのです。完成したら、アミーラが自分の名前を便箋にサインします。じつをいうと、アミーラが口でいったことのほかに、ぼくが自分で考えたことばも付け足しています。だから、二人できみに手紙を書いているようなものなんです。

おまけにぼくからのことばのほうが、妹のことばよりも多いのです。ただし、たった今届《とど》いたはずの妹からの手紙は別です。あれは妹が話したことばをほとんどそのまま書きました。なぜなら、今回はぼくが自分のことばでこの手紙を書き、自分の名前をサインするつもりだったから。アミーラの手紙には何も付け足す必要がなかったのです。

ぼくたちが住んでいる村は、ぼくが知っていることばでいえば、保守的《ほしゅてき》なんです。つまり、みんなが伝統《でんとう》や古いしきたり、とくに地域《ちいき》の決まりにこだわっているということです。村のえらい人たちはほとんど、ぼくくらいの年齢《ねんれい》の男子が、きみくらいの年齢の女子に手紙を書くなんて、いけないことだと信じています。それで、きみの手紙が最初に学校に届いたとき、先生はアミーラに返事を書くようにいいました。それが正しいやり方だからです。

ところが、ぼくにも仕事が与《あた》えられました。妹が手紙をちゃんと書けるように、手伝ってくれというのです。妹が一人で書くとなれば、手紙はひどいものになるでしょう。読めないかもしれません。そうなると、この国の子どもたちは手紙も書けないのかと思われてしまいます。でも、そんなことはありません。アミーラは本当はとても頭がいいんです。ただ、英語はむずかしいらしく、それはぼくにとっても同じです。でもぼくは妹よりはずっと長く英語を勉強しています。英語を話したり書いたりすることは、ぼくは学校でいちばんよくできます。自慢《じまん》しているわけではないですよ。事実を説明しているだけです。英語ができるようになったのは、本を読んだからだと思います。

『ふたりは ともだち』という本を読んだことはありますか？ 小さな本ですが、先生が読みなさいと最初にすすめてくれたアメリカの本です。単純《たんじゅん》な内容《ないよう》ですが、友だち同士がうまくやっていくためには、お互《たが》いがまんが必要だという真実が書いてありま す。ぼくの友だちのナジーブには、もっとがまんが必要です。ナジーブはがまくん、ぼくはどちらかというとかえるくんです。ぼくは英語の本をたくさん読みたいと思っています。でも先生のところにある本はほんの少し。もうほとんど読んでしまいました。

きみのいちばん新しい手紙はとても楽しかったです。グリーク語を勉強しているのですね。すばらしいと思います。アミーラもそう思っているのですが、今回の返事にはそのことを書《か》き忘《わす》れています。きみが外で過《す》ごすのがすきだというところも、おもしろかったです。ぼくも外がすきです。あんまり寒かったり暑かったりしなければ、ですが。

けれど、岩山を登るのがすきというところには、賛同《さんどう》できません。ぼくのおじさんは一度、パキスタンの高い山に登るイギリス人登山家たちのために仕事をしました。そのうち一人が、嵐《あらし》で亡《な》くなりました。ひどい凍傷《とうしょう》になって、両足を切断《せつだん》した人もいます。おじさんは、あの登山家たちは狂《くる》ってるといっています。

ぼくはそうは思いません。けれど、この村の人たちとは、ずいぶんちがっているのはたしかでしょう。というのは、生活費をかせいで家族のめんどうをみなければならない男なら、山に登ろうなんて考えもしないからです。村では、山の氷や雪や風に命を奪《うば》われないように必死だし、山の陰《かげ》のやせた土地で、作物や動物を育てるのはたいへんなことなのです。山の景色は美しいですが、ここで生きるためには、山と闘《たたか》わなくてはならないのです。

きみの送ってくれた写真にあった緑の畑は、まっ平らで退屈《たいくつ》だなんてちっとも思いません。あんな畑があったら、ぼくの村のすべての人と動物が、冬じゅう食べるものに困《こま》らないでしょう。あの畑は、神のほほえみのように美しいです。

けれど、きみはここの山がすきだということですから、山を一つ送ります。小さい山のかけらです。実際《じっさい》、ほんのひとかけらの石にすぎません。でも、とがったところを上にして置いて、よく目を近づけて見てみれば、小さい山に見えるでしょう。これはきょう、道からずっと離《はな》れたところで取ってきました。ぼくが拾うまで、この石には大昔からだれもさわったことがないと思います。それを、きみの名前が書いてある封筒《ふうとう》に入れました。だから、きみはその石にさわる、世界で二番めの人になるのです。

最後にもう一つ。これは秘密《ひみつ》の手紙です。ぼくがこれを送ったことは、だれにも知られてはいけないので、どうかぼくには返事を書かないでください。その代わり、アミーラに送ってくれる手紙に、ぼくへのメッセージをそれとなく書いてくれたら、きっとわかると思います。

こんなふうに手紙を書いて、迷惑《めいわく》なやつだと思わないでくださいね。それでは、きみの健康と幸福を祈《いの》って。

サディード・バヤト

サディードからの手紙を読み終えたアビーは、胸《むね》がドキドキしていました。どうしてなのかわかりません。きっと、あんまり思いがけない手紙だったからでしょう。と同時に、秘密の手紙だからかもしれません。

アビーはもう一度さっと読み返すと、封筒をのぞいて、手紙に書いてある石のかけらを探《さが》しました。封筒には何かが当たったような小さなへこみがいくつかありましたが、空っぽでした。台所のカウンターにも、石はのっていません。

アビーはしばらくじっと立ったまま、さっきどうやって封をあけたか、どうやって便箋を取り出したか、思い出してみました。そして、四つんばいになって床《ゆか》に目をこらしました。捜索《そうさく》開始です。

泥《どろ》の足あと。マフィンの食べかす。オレンジジュースがこぼれてかわいたあと。しなびたグリーンピース。カウンターの横には、母さんがクッキーの生地《きじ》をのばすときにふりかけた粉がこぼれています。

けれども、岩も小石もありません。砂粒《すなつぶ》すらありません。

アビーは玄関《げんかん》わきへ走っていくと、緑色のリュックのチャックをあけて、懐中《かいちゅう》電灯を取り出しました。そして台所へもどり、天井《てんじょう》の電気を消して床を暗くし、腹《はら》ばいになってビニールタイルの床に左のほおを押《お》しつけました。それから懐中電灯を床に水平に置いて、スイッチを入れました。光を低く水平に保《たも》ちながら、ゆっくりと左から右に見わたします。一・五メートル先、朝食用テーブルの脚《あし》の横に、小さなかたまりを見つけました。アビーはひざをつくと、懐中電灯の光をはずさないようにしながら、近づいていきました。そして、左手の親指と人差し指でつまみ上げました。

それは、トウモロコシの粒の半分くらいの石でした。

アビーはテーブルの横にひざで立ち、石をテーブルのはしっこにのせて、とがったところがあるかどうか見てみました。ありました。そこで、とがったところが上へ向くように置きなおしました。それから、かがんで目の高さをテーブルと同じ高さにし、目を細めました。するとどうでしょう、これは明らかに、小さな山です。

アビーは小石をつまみ上げると、立ち上がってカウンターへもどりました。そして、小石を封筒へ入れ、その石と封筒のへこみが合っているかどうか、石を動かしてみました。

ぴったりです。すぐに合いました。

これでもうはっきりしました。サディード・バヤトは、まさにこの小さな岩のかけらを拾ったのです。そして、地球を半周させて送ってくれたのです。アビーに。

世界の歴史の中で、このヒンドゥークシュ山脈のかけらにさわったのはたったの二人だけ。一人めはサディード・バヤト、そして今、アビー・カーソンがさわっているのです。

そのとき、アビーはすぐに、この手紙は学校の掲示板に貼り出すのはやめようと思いました。絶対《ぜったい》にだめです。これは個人的《こじんてき》なものです。それに、サディードが秘密にしてほしいといっているじゃありませんか。

アビーはコンロの横の引き出しをあけて、ジッパーつきのビニール袋《ぶくろ》を取り出すと、封筒と小石とサディードからの手紙を入れました。大事にとっておくためです。

それから、アビーはおやつも食べずに、二階の自分の部屋へかけ上がると、机《つくえ》に向かい、ゆうべ単語の勉強で使った辞書とドリルをわきへ押しやって、ペンと白い紙を用意しました。

ペンを紙につけた瞬間《しゅんかん》、アビーは手を止めました。そして、いすの背《せ》にもたれかかって机の前の壁《かべ》にかかっているコルクボードを見上げました。そこには、鉛筆描《えんぴつが》きの絵が三枚《まい》貼ってあります。それは最初にアフガニスタンから届いた手紙に入っていた絵です。アビーは家族の絵に目をやり、いちばん右はしに立っている少年に視線《しせん》を移《うつ》しました。腕組《うでぐ》みをして、自信にあふれた目をしています。すると、自然ににっと笑いがこみ上げてきました。

アビーは視線を紙にもどして、日付を書きました。その下に、いつものように「親愛なるアミーラへ」と書きました。その先のことを考えてみると、封筒にもこれまでと同様、アミーラの名前を書くわけです。

けれど、手紙そのものは、今回は女の子に話しかけるだけでなく、お兄さんのサディードにも話しかけるようにしなくてはいけません。

一行めを書き始めるとすぐに、アビーは手紙を二通書いたほうがいいと気がつきました。一通はアフガニスタンへ送るもの、もう一通は学校の掲示板に貼り出すためのものです。そう、恥《は》ずかしくないようにね。

第14章 つながり

四月が日いちにちと過《す》ぎるにつれて、サディードは、あの日バスの運転手に、ぼくからの手紙をわたしたりしなければよかったと、強く思うようになってきました。取り返せるものなら取り返したい。でも、もうやってしまったものはどうしようもありません。今は、これからどうなるか、ようすを見るしかないのです。

どうしてこんなことをしたのか？　サディードにはわかっていましたが、そのことに正面から向き合うのがいやでした。なぜなら主な理由は、自尊心《じそんしん》、そして虚栄心《きょえいしん》だからです。サディードはあのアメリカ人の女の子に、本当は自分が手紙を書いたのだということ、手紙の大部分を書いたのは、このサディード・バヤトだということを、知ってほしかったのです。英語がよくでき、すばらしい文章が書けるという名誉《めいよ》を、全部アミーラに持っていかれるのがいやだったからです。

ほかにも理由があります。正直にいうと、ちょっと危険《きけん》なことであり、許《ゆる》されないことであり、新しくて現代的《げんだいてき》な理由です。おそらく村の長老たちがサディードに奨学金《しょうがくきん》をくれて、カブールに勉強に行かせてくれることはないでしょう。けれど、サディードが自分でバハーランの村以外のところとつながりを持つことができるのです。

サディードは自分にいいわけしました。〈だって、先生もぼくに自立しなさいっていってたじゃないか。現代的な人間になれ、とも。それに、最初はぼくに、あの女の子への手紙を書いてほしかったんだよね？　ちゃんと知ってるよ――そういってたのが聞こえたもの！〉

サディードにこれを読みなさいといって、本を何冊《なんさつ》かわたしてくれたのもマフムード先生でした。でもそれらの本は、教育省の公認《こうにん》図書のリストにはありません。先生は危険を冒《おか》してまでサディードに手わたしてくれたのです。サディードもそのことを理解《りかい》しながら、それらの本を読みました。ですから、サディードはナジーブにも本のことは話しませんでした。そのほか、だれにも。

本はすべて、英語で書かれたイギリスやアメリカの本でした。サディードは『ロビンソン・クルーソー』を読んで、大すきになりました。遭難《そうなん》した船乗りはキリスト教徒で、いつも聖書《せいしょ》を読んではいましたが。それでも、とてもいいやつで、尊敬《そんけい》できる人物でした。

『ロビン・フッドの冒険《ぼうけん》』も読んで、これも大すきになりました。たとえ、善良《ぜんりょう》なリチャード王がサラセン人（注・イスラム教徒）と戦うために、十字軍を率《ひき》いて聖地パレスチナへ行ったとしても。それでも、ロビン・フッドと仲間たちは気高く、恋人《こいびと》のマリアンは美しく勇敢《ゆうかん》で、ノッティンガムの代官《だいかん》は、本当に悪いやつなんです。

サディードが読んだ英語の本でいちばん新しいのは、『ひとりぼっちの不時着』という本です。森の中でたった一人で生《い》き延《の》びなければならなくなった少年の冒険物語でした。この本を読んでいたとき、サディードはほとんど息もできませんでしたし、半分しか読み終わっていない段階《だんかい》で、物語が永遠《えいえん》に終わらないでほしいと思ったほどでした。

今は『少年キム』という、むずかしい小説を読んでいます。イギリスがアフガニスタンも含《ふく》めて世界中を支配《しはい》していたころ、インド生まれのイギリス人少年キムが、スパイとして活躍《かつやく》する物語です。

こういう本は、英語教育のために公認されている本とは、ずいぶんちがいます。〈それに、こういう本がいいよって、ぼくに読ませてくれたのはだれ？　先生じゃないか。だから、ぼくが地球の反対側にいるだれかに、自分で手紙を書きたいと思ったって、なんの不思議がある？　あるわけないいさ。〉

アメリカ人のアビーに送った手紙は、架《か》け橋《はし》であり、きずなを結ぶものなのです。もちろん、インターネットや携帯《けいたい》電話のようにはいきません。けれども、現実のものであり、固いつながりなのです。

そこで、火曜日の朝、アメリカから届《とど》いたばかりの新しい手紙を、先生がアミーラに手わたしたとき、サディードは今回は興味《きょうみ》のないふりはしませんでした。アミーラが封《ふう》をあけると同時に、サディードは手をあげ、先生がうなずくと、立ってこういいました。

「妹の手紙になんて書いてあるか、クラスのみんなに読んであげたいんですけど。」

先生はにっこりしていいました。「そうだな。みんなにわかるように、英語からダリー語に翻訳《ほんやく》しながら読んでくれるかい？」

アミーラは兄さんの手に手紙をピシャッとわたして、いやな顔をしてみせました。サディードは教室の前に出ていくと、堂々と見えるように胸《むね》をはりました。でも、英語から翻訳するって？　みんなの前で？　それでもサディードは、ゆっくり慎重《しんちょう》に、ダリー語で話し始めました。

「『親愛なるアミーラへ

ババーランではすべて順調にいっていますように。前回のお手紙ありがとう。わたしが書いた手紙を、学校でお友だちといっしょに読んでくれていると知って、とてもうれしいです。わたしも同じようにしています。教室では、あなたに送った手紙を全部コピーして、壁《かべ》に貼《は》っています。それから、あなたから来た手紙も貼っています。それは課題の一環《いっかん》なのです。今では、ほかのみんなも興味を持って見にきます。これもあなたが楽しい手紙を送ってくれるおかげです。それからすてきな絵のおかげでもあります。

わたしからは、あなたの国の山の話ばかりしていてごめんなさい。山の景色が美しいだとか、山登りはおもしろいだろうななんて。というのは、最近登山家についての本を読んだんです。ヒマラヤに登ったイギリス人の登山隊の話ですが、嵐《あらし》で一人が亡《な》くなり、凍傷《とうしょう》で両足を切断《せつだん》した人もいるそうです。ですから、山は人を殺す可能性《かのうせい》もあることがわかりました。登山はおもしろいばかりじゃない。簡単《かんたん》でもないということも。

でもやはり、わたしは登ること自体は大すきです。どんどん高いところへ登って、はるかかなたまで見わたせるのは最高です。学校の体育館で壁を登るときには、落ちてもいいように、ほかの二人が安全ロープを持っていてくれます。体育の時間には、すべってもロープを持つ二人が助けてくれるのです。とにかく、山登りのことばかり話すのはやめますね。

でも、わたしはいろんな種類のロープや登山用具にも興味があるんです。ロープの結び方を知るのもおもしろいですよ。アルパインバタフライという結び方では、ロープの真ん中に輪ができます。簡単で、登山者の命を守ることができます。すごくいいでしょう？　プルージック結びというのもあって、ロープをほかのロープに結びつける方法です。この結び方で作った輪を二つ使えば、シャクトリムシみたいに、ロープを上ったり下りたりすることができます。それから、カラビナやクランプやくさびといった登山用の金具もたくさんあって、そういうものもすきなんです。あ、ごめんなさい、また登山の話をしていますね。もうこの辺で終わりにします。

わたしが住んでいるこのあたりの土地はとても豊《ゆた》かで、作物がどんどん育ちます――雨がたっぷり降《ふ》れば、ですけれど。うちの家族は、主にトウモロコシを作っています。作付けがほんの数日前に終わったばかりです。土に種をまくのは、四月の最終週が最適《さいてき》なのです。

ところで、わたしの知っている男の子ですごく頭のいい子がいるのですが、その子があなたに何か送ってあげたら？　とアドバイスしてくれました。だからそうしようと思います。

イリノイの土をほんの少し、小さなビニール袋《ぶくろ》に入れて送ります。』」

サディードは読むのをやめて、封筒《ふうとう》に手を入れました。そして、ビニール袋を取り出して、みんなに見せました。

「『この土をこぼして、平らにならし、目を近づけて見れば、うちの畑の今の状態《じょうたい》を見ているのと同じです。畑は今、一面に黒い土が平らに広がっています。あなたの国の山々が、空を突《つ》き刺《さ》すようにとがっているのとは大ちがいです。

この土は、森の中の、今作っている木のとりでの近くで取りました。友人が、今までだれもさわったことのないものを送ったらどうかと、教えてくれたからです。

すごくいい考えでしょう？　地球上に生きてきた人間の中で、この土をさわるのはわたしが初めて。そして、あなたが二番めです。つぎにあなたの家族や、クラスの友だち。

どうか想像《そうぞう》してくださいね。わたしの友人はこんなことを考えつくなんて、とてもかしこいです。今度話す機会があったら、お礼をいうつもりです。でも、そんな機会はめったにありません。だって、ボーイフレンドとかではないのですから。わたしにはボーイフレンドはいません。なぜなら——。』」

「サディード、」突然《とつぜん》、先生がいいました。「とてもわかりやすく読んでくれてありがとう。でも、そろそろ授業《じゅぎょう》の時間だ。」先生はやってきて、手紙と封筒と土を受けとると、ベストのポケットに突《つ》っ込《こ》みました。

サディードはすぐにいちばん前の席にすわると、かがんでノートを取り出し、ページをめくりました。ノートに目を落として、すごく忙《いそが》しそうにしています。

サディードは、先生があそこで止めてくれてよかったと思いました。ざくろジュースみたいに顔が真っ赤になっている気がします。

というのは、あの手紙は最初のひとことから、サディードの手紙につぎつぎに答えていて、アビーが完全に自分だけに話しかけているように思えたからです。でも、ほかのだれにも気づかれないような書き方で。この女の子はなんて頭がいいのでしょう。

そして、彼女《かのじょ》にはボーイフレンドがいない。

そう考えたとたん、サディードの顔は赤というより、真紅《しんく》に染《そ》まってしまったかのようでした。

授業が始まりました。終わったら、先生、アミーラに手紙を返してくれるよねと、サディードは思いました。

早く続きが読みたくてたまりません。

そして、返事を書くのです。

アミーラのために。

第15章　アメリカの国旗

正午に学校が終わって、アミーラが友だちといっしょに家へ向かい始めたのを、サディードは走って追《お》い越《こ》しました。サディードのベストのポケットには、アビーからの新しい手紙が入っています。教室を出るとき、先生が、顔をしかめながらわたしてくれました。先生は近いうちに、手紙のやりとりについてサディードと話し合おうと思っているようでした。でもきょうのところは、今このときには、サディードはアメリカの友だちからの新しい手紙をポケットに持っているのです。

村長の屋敷《やしき》の正面のへいを通《とお》り過《す》ぎると、サディードは村はずれの自宅《じたく》へ通じる大通りを行く代わりに、左へ曲がり、日干《ひぼ》しレンガの背《せ》の高いへいにそって歩いていきました。屋敷の裏《うら》に出ると家はまばらになり、岩だらけの低い丘《おか》があらわれて、その向こうは崖《がけ》になっています。サディードは前から知っている小道に出ました。この道は崖を下って、小川をわたり、また丘を登って家のすぐ近くまで行ける近道なのです。

天気のいい日が一週間続いたので、ほとんど雪はとけ、小道はだいぶきれいになっていました。サディードは、アミーラが帰ってきてうるさいことをいう前に、早く家に帰って手紙の続きを読もうと、小走りにかけ出しました。

岩だらけの小道をすごいスピードで下っていると、小川の手前に来たとき、ゴツゴツした岩の陰《かげ》からがっちりした男があらわれて、行く手をはばみました。サディードは向きを変えるまもなく、男に腕《うで》をつかまれました。

「ほう、ずいぶん足が速いな。そんなに急いでどこへ行く?」

男はパシュトゥ語でいいました。アフガニスタンでは広く使われている言語です。男の声は低くて太く、手はサディードの腕をがっちりつかんでいます。頭のターバンは額《ひたい》の真ん中あたりまでかかり、首に巻《ま》いたスカーフは、あごや鼻までおおっています。唯《ゆい》一《いっ》見える黒い目は、するどく光っています。男は大きな革《かわ》の背負《せお》い袋《ぶくろ》を肩《かた》から下げていましたが、サディードはすぐに、この大きさだと中にライフル銃《じゅう》が入っているなとわかりました。

おびえていることを悟《さと》られないようにしながら、サディードはすばやく頭を働かせました。そして、やはりパシュトゥ語で答えました。「村長の家から来たところです。村長は、父さんのザキール・バヤトと仕事をしているんです。これから父さんの店に手伝いに行くんですけど、遅《おそ》くなってしまって。父さんが待っているんです。」

これは全部本当のことですし、このあたり一帯の人なら、「村長」と聞けば平伏《へいふく》するはずなのです。ところが、この男はサディードの腕をつかんだままです。

「それなら、」男は笑いながらいいました。「よくつかまえてくれたと、二人とも感謝《かんしゃ》するだろうよ。もう少しで足をふみはずして、川へまっさかさまってところだったんだからな。首が折れていたかもしれんし、もっとひどい目にあっていたかもしれん。その二人の紳士《しんし》なら、助けてくれたお礼の気持ちを示《しめ》せというはずだ。いくらか食べ物をやれとか、金を少しやれとか。」男はあいている手で、サディードのポケットを上からたたき始めました。「これはなんだ?」

サディードが身を引くひまもなく、男はベストから手紙を取り出しました。

「ふふん、手紙か。」にやっとしたような声です。「重いな。重要な手紙か。」

封筒《ふうとう》をひっくり返したとたん、男の目が光り、サディードの腕をつかんでいる指が、トラばさみのように食《く》い込《こ》みました。

男は悪態《あくたい》をつき、つばを吐《は》くような音を立てました。「ア、ア、アメリカの、か、か、旗じゃないか。おまえはわれわれの国を汚《けが》し、民《たみ》を殺したやつらと関係があるのか? やつらのスパイなのか? ヘルマンド州では、おまえくらいの少年が、アメリカの金をポケットに入れていたという理由で、しばり首になったんだ。知らないのか? おれの仲間は同じことをするだろう。これから仲間のところへ行くぞ、おまえも、この旗もだ。」

「こ、これはぼくの手紙じゃない。」サディードは口ごもりました。「女の子あてなんだ——見て。」

男は目を細めて封筒を見ました。サディードはすぐに、男が英語を読めないことに気がつきました。そこで、急いで住所を指さしました。「ほら、アミーラっていう女の子あてです。」

男はさも読めるかのようにうなずきました。「それで、アミーラというのはだれだ？」

「ただの女の子です。」サディードはいいました。「その手紙は、だれも知らない女の子から来て……あの……その、その子が最初にアミーラに書いてきて、学校で受けとって。」

男はまたつばを吐く音を立てました。「この村の女子は学校へ行くのか？ まるでアメリカだな！ けしからん！」そういうと男はサディードの腕を放し、手紙をびりびりと引《ひ》き裂《さ》き、さらにもう一回引き裂くと、放《ほう》り投《な》げました。

サディードはウサギのようにすっ飛びました。つかまえようとする男から身をかわし、小川を飛び越え、土手の半分くらい登ったころ、手紙の最後の一片《いっぺん》が、ひらひらと地面に落ちました。

「いいぞ――走れ、ぼうず。」男は大声でいいました。「アミーラやほかの女子にいうんだ、女は家でおとなしくしていろとな。その外国人の女子には、ここではおまえの手紙は歓迎《かんげい》されないといっておけ。」

サディードは肩越しにふり返って見ました。男の姿《すがた》はありません――が、つぎの瞬《しゅん》間《かん》、ターバンが岩のあいだに見《み》え隠《かく》れするのが見えました。小川づたいに山へ通じる小道を歩いているようです。

男の位置をしっかり確認《かくにん》したところで、サディードはすばやく計算しました。そして、くるりと向きを変え、深く息を吸《す》い込《こ》むと、土手をかけおりました。小川を飛び越え、かがんで紙切れを全部拾い集め、穴《あな》のあいてしまった土入りのビニール袋をつかみました。顔をあげると――男はまだ山への道を歩いています。

サディードは何か勇敢《ゆうかん》で挑戦的《ちょうせんてき》なことばを叫《さけ》びたかったのですが、すぐに思いとどまりました。拾ったものをすべてポケットにつめこむと、またしても小川を飛び越え、土手をかけ上がりました。最初の分かれ道でさっと右へ曲がり、三分で村の家々が並《なら》んでいるところへやってきて、四分で大通りへもどりました。

そこまで来てようやく、心臓《しんぞう》のドキドキがおさまってきました。口はカラカラで、ゼーゼー荒《あら》い息をしていると、戸口のところにいたおばあさんが、「ぼうや、水を飲むかい？」といってくれました。

サディードがうなずき、玄関前《げんかんまえ》のポーチでハーハーいいながら立っていると、中へ入ったおばあさんが、大きな青いマグを持ってもどってきました。サディードは水を飲みほし、「ありがとう、おばあさん。」というと、急いで家へ向かいました。

考えることがたくさんありました——あの男の外見、腕をつかまれた感触《かんしょく》、男の話し方、アメリカをあんなに憎《にく》んでいること。このあたりの人間でないことは、サディードにはよくわかりました。

そして、サディードは自分に腹《はら》を立てていました。手紙に書いてある妹の名前を、あんなふうに隠れみのに使ってしまったのです。〈あいつに、アミーラだってほかのみんなと同じように、学校へ行く権利《けんり》があるんだぞっていってやればよかった。けったりなぐったりして、ヒョウのように戦えばよかった。小川へ突《つ》き落《お》としてから、体に飛び乗って、ターバンでぐるぐる巻きにしてやればよかった。それで、大通りの真ん中を引きつれて、村長のところへ突き出せばよかった。〉

ともかく、逃《に》げられたことはいいことです。アビーの手紙を取りもどしたことも。

〈ということは、勝ったのはぼくだな。あいつはなんにも取らないで行っちゃったじゃ

ないか！〉

　サディードは家に帰りつくと中へ入り、台所にある大きなプラスチックの水差しから、コップに一杯《ぱい》水を飲みました。そしてもう一杯。サディードが口をふいていたとき、アミーラが部屋へ飛びこんできました。

「あたしの手紙。」アミーラは怖《こわ》い声でいうと、手をのばしました。「返してよ。」

　サディードは首を横にふりました。「これからちょっと先生のところへ行く。まずいことが起きたんだ。おまえもいっしょにおいで、母さんのところへ送っていくから。今すぐに。」

　アミーラは足をふみならしました。「いや！　手紙ちょうだいよ、今すぐに！」

　サディードはポケットに手を入れると、ぐちゃぐちゃになった手紙と封筒とビニール袋のかたまりを取り出しました。「はいよ。これがおまえの手紙だ。うれしいか？」

　アミーラは口をあんぐり。それからまゆをひそめ、口をぎゅっと結びました。そして、声にならない声でいいました。「いったいだれがこんなことを？」

「悪党《あくとう》だ。」と、サディード。「今はこれしかいえない。すぐに先生のところへ行かなくちゃ。だからいっしょに外に出よう。さあ、もうあれこれ聞かずに。」

お母さんがみんなといっしょに裁縫《さいほう》の仕事をしている家に着くまでの道すがら、サディードはアミーラの肩をずっと抱《だ》いて歩きました。

第16章 決定

「ばかでかい男？」

サディードは先生に向かってうなずきました。「はい、でも年は取っていません。先生くらいの年だと思います。力が強くて。見たことのない男でした。」

マフムード先生は校舎《こうしゃ》の入り口のすぐ外に立っていました。午後のクラスの大きい生徒たちが続々とやってきます。

「そしてターバンを巻《ま》いていたって？　それは……色がついていたかい？」

サディードは、先生が何を聞いているのかわかりました。黒いターバンを巻いていたかどうか、聞きたいのです。それはタリバンの兵士が身につけているものでした。サディードは首をふりました。「いいえ。白か、うすい灰色《はいいろ》でした。それで、小川沿《ぞ》いの道をつたって、山のほうへ行きました。あの男、手紙に貼《は》ってある切手を見たら、すごく怒《おこ》り出《だ》したんです。あの旗の切手です。つばを吐《は》いて、アメリカをののしっていました。それと、女は学校なんか行くなっていってました。」

「もっと声を小さくして。」先生はそういいながら、最後に到着《とうちゃく》した午後のクラスの生徒に、うなずいてあいさつしました——女子生徒二人に。「わたしはここから出られないから、村長のところへ行って相談するといい。直接《ちょくせつ》村長に話すんだぞ、サディード、わたしにいわれて来たといいなさい。そして、わたしに話したことを全部話しなさい。わかったかい?」

「はい、先生。」サディードはいいました。

「ほかにはだれにもいうんじゃない。で、そのあとはまっすぐ家に帰りなさい。」

「でも、先生、父さんの店に行かなくちゃなりません。仕事の手伝いに。」

「ああ、そうだったな。それならそれでいい。だが、まずは村長に会うんだ。」

サディードはうなずくと、背中《せなか》を向けました。

「サディード?」

サディードは先生のほうにふりむきました。

先生はにっこり笑いました。「よくがんばった。」

サディードはこっくりしました。「ありがとうございます。」

先生は教室へ入りました。サディードは顔をあげ、村長に話をするために、早足で校庭を突っ切《き》っていきました。

＊＊＊

サディードは先生の言いつけを守って、村長と話をしたあとは、小川のそばで起きた事件《じけん》についてはだれにも話しませんでした。

けれども、だれかがうわさを広めたにちがいありません。その夜、パハーランの村では、どの家でも夕食の食卓《しょくたく》でそのことが話題になりました。

村長の屋敷《やしき》でも、事件のことが話し合われました。低いテーブルのまわりにすわった七人の男たちは、まだお茶を一杯《ぱい》しか飲んでいないのに、さっそく本題に入りました。

「いいたかないが、おれはちゃんといっただろ。」ハッサンがあごをなでながらいいました。「やめとけとな。こんな手紙のやりとりは、最初からおかしかったのさ。」

マフムード先生はだまっていません。「それは関係ないでしょう。よそ者が村の一人の少年をおどした。それから、学校へ通うすべての少女たちのことも。わかっているかぎり、この辺に兵士の一団《いちだん》が野宿しているんです。問題なのは明らかに――学校の子どもたちの安全です。」

「そんなことをいっているんじゃない。」ハッサンがぴしゃりといいました。「アメリカへなんか、手紙をやりとりしなけりゃよかったんだ！」

村長が手をあげました。「みなさんがた、落ち着きなさい。すでに無線電話で地区の治安部隊に知らせてある。来週からはこのあたりの見回りをしっかりやってくれるだろう。わたしは、今回のことは一過性《いっかせい》のことではないかと思う。じきにおさまるだろう。しかし、それまではじゅうぶん警戒《けいかい》しなければならない。だから、武器《ぶき》を手元に置いておいてほしい。子どもたちは朝夕、学校の行き帰りには大通りを歩くように。」

「ひとことよろしいか?」ハッサンが村長にいいました。

「どうぞ。」

ハッサンは、マフムード先生以外の全員と目を合わせながらいいました。「おれは、今すぐ文通をやめるのが賢明《けんめい》だと思う。こんなおおっぴらな事態《じたい》になっちまったからにはな。このまま続けたら、国じゅうに知れわたっちまう。うわさはすぐに広がるもんだ。なぜ怒ったクマの目の前に、真っ赤な肉をぶらぶらさせる必要がある?」

ここにいる男たちは、ハッサンの意見に賛成《さんせい》しそうだと、マフムード先生は感じました。反対してもむだです。

そこで、先生は精一杯《せいいっぱい》の笑顔《えがお》を作ってうなずきました。「ハッサンの意見に百パーセント賛成します。賢明な決定です。ただ、アメリカの少女には、あと一通手紙を送らなければならないと思います。説明するために。礼を失しないために。」

先生は話し終わりましたが、片手《かたて》のてのひらを上に向けて、テーブルのまわりにすわった男たちのほうへのばし、考えを聞き出すように見まわしました。

村長がいいました。「慎重《しんちょう》に扱《あつか》うなら、もう一通だけよかろう。たしかに理にかなっておる。これからしばらくは、みんなが慎重になるだろうし。みなさんがた、それでよろしいかな?」

みんながうなずいたので、村長はにっこり笑いました。「よし。では、お茶のお代わりをいただこう。」

マフムード先生は、ハッサンと、その古い杓子定規《しゃくしじょうぎ》なものの考え方に屈《くっ》するのはいやだったのですが、どこかでこの決定にほっとしている部分もありました。

本当のところ、サディードは手紙に夢中《むちゅう》になりすぎているし、アメリカ人の少女は自分の気持ちを書きすぎているので、この辺で終わりにするほうが賢明だったのです。きょう来たばかりのあの手紙が、ハッサンみたいな人に読まれないうちに、びりびりに破《やぶ》かれてしまったのは、あながち悪いことともいえません。

文通がこれで終了《しゅうりょう》となれば、子どもたちはがっかりするでしょう。けれど、安全を第一に考えた結果ですから、仕方がありません。それに、先生は将来《しょうらい》のことを見すえていました。そう遠くない将来、この村のすべての子どもがノートパソコンを持つことになると、先生は確信《かくしん》しています。きょうの会議での負けは、いつかもっと重要な闘《たたか》いに勝つための、布石《ふせき》にすればいいのです。そのためならがまんできます。

先生は、これからもずっとこの村で教師《きょうし》を続けていくつもりですから。太陽が昇《のぼ》るように、必ず変化は訪《おとず》れるでしょう。ええ、きっと必ず。

ただ、二、三週間では何も変わりません。先生はそのことを甘《あま》んじて受け入れるつもりです。

子どもたちも、がまんしてくれるといいのだけれど、と思う先生でした。

第17章　アメリカの土

サディードのお父さんのザキールも、息子《むすこ》が小川の近くで男ともみ合いになった事件《じけん》のことを聞いていました。その火曜日、仕事と夕方のお祈《いの》りを終えて家へ帰る道で、お父さんもおじさんもサディードのことをほめてくれました。

「しかし、このことは母さんやアミーラには、今夜はいわないでおこう。いずれにせよ、すぐ知ることになるだろう。だが、今は怖《こわ》がらせたくないんだ。」

おかげでサディードと家族は楽しい夕食をとりました。そのあと、サディードはアミーラに手で合図しました。「来いよ、友だちからの手紙、直してみようぜ。」

部屋のいちばん向こうへ歩きながら、アミーラはささやきました。「きょうの午後何があったか、全部聞いたよ。」

「なんだって?」と、サディード。「おまえや母さんを怖がらせたくないから、いうなって、父さんにいわれてたんだ。」

アミーラは兄さんに目をやり、しかめっ面《つら》をしました。「この村で起きたことで、女が知らないことなんかあると思う? たいがい男よりも早く聞きつけるわ。きょうのことは母さんのほうがいうなっていったのよ、父さんが取《と》り乱《みだ》したらいけないからって。」

灯油ランプの明かりに照らされて、二人はアビーの手紙二枚《まい》を、ひとかけらずつ床《ゆか》にきれいに並《なら》べて、元通りにしました。ちょうどそのとき、おじさんが外へ出るためにとびらをあけたので、風でばらばらに吹《ふ》き飛《と》ばされてしまいました。

二回めの挑戦《ちょうせん》では、パズルはいくぶん簡単《かんたん》に思えました。二人は、長いすの上に小さなお祈り用のじゅうたんを敷《し》き、その上に手紙のかけらを集めました。床から離《はな》せば、突然《とつぜん》の風もよけられます。かけらをつなぎ合わせるものがなかったため、サディードは学校のノートに、すばやく一語一語書き写しました。

書き終えると、いいました。「できた。全部書いたぞ。」

アミーラがいいました。「よかった。さあ、さっきの続きを読んで。ダリー語で。」アミーラは部屋の向こうのお母さんのようすをちらりとうかがい、まだ台所で忙《いそが》しくしているとわかると、ささやきました。「ボーイフレンドはいないっていうところの近くから読んで。」

サディードはうなずいて、ノートに書いたものに目を走らせて探《さが》しました。読み始めるとすぐに、サディードも小声になりました。「ボーイフレンド」なんていうことばを聞けば、お母さんがすぐに反応《はんのう》するでしょうから。

「『すごくいい考えでしょう？　地球上に生きてきた人間の中で、この土をさわるのはわたしが初めて。そして、あなたが二番めです。つぎにあなたの家族や、クラスの友だち。

どうか想像《そうぞう》してくださいね。わたしの友人はこんなことを考えつくなんて、とてもかしこいです。今度話す機会があったら、お礼をいうつもりです。でも、そんな機会はめったにありません。だって、ボーイフレンドとかではないのですから。わたしにはボーイフレンドはいません。なぜなら、あんまりそういうことを考えたことがないからです。女の子の友だちはみんな、男の子のことばかり考えて、夢中《むちゅう》になっています。わたしには男の子の友だちも二、三人いますが、ボーイフレンドではありません。

あなたがすきだという本のことを聞いて、不思議な気持ちになりました。わたしは、今はそんなにたくさん読んでいるわけではありませんが、六歳《さい》ころ大すきだった本が、『ふたりは ともだち』だったからです。五十回くらいは読んだかもしれません。その本は手元にありますか？ ゆかいでなおかつ機知に富《と》んでいる本ですよね。わたしはどちらかというとがまくんタイプで、ときどきちょっと不機嫌《ふきげん》になることもあります。大きなことを始めたのはいいけれど、なかなかできないことも。わたしは、うちの森でツリーハウスを作り始めたのに、まだできあがりません。ともかく、この本をもう一度読む機会があったら、ぜひ読んでください。

あなたの地域《ちいき》でも、こちらのように早くあたたかくなるといいですね。実際《じっさい》は、リンズデールはバハーランより緯度《いど》でいうと約六百キロも北にあるのです――インターネットの地図で調べました。ですから、そちらのほうが、こちらよりも春は少し早く来ているのだと思います。でも、高い山々に囲まれたところでは、まだ寒いのかもしれません。それとも、だいたい同じくらいの気温かも。つぎにあなたが手紙を送ってくれるまで、毎日最高気温と最低気温を記録しておこうと思います。あなたも同じようにしてくれれば、比較《ひかく》できますよ。

そろそろ、ほかの宿題をしなければなりません。あしたは算数のテストがあって、算数は得意じゃないんです。ほんというと、得意科目なんてありません。体育をのぞいては。

それでは、あなたの健康と幸せをお祈りしています。ご家族にもよろしく。またお手紙を楽しみに待っています。

あなたの友だち

アビー』」

声に出して手紙を読んでいたサディードは、朝、学校で味わったのと同じ気持ちになりました。アビーがずっと自分だけに話しかけてくれているような気分です。こんなふうに思いを共有するなんて、初めてのことです。女の子と。

サディードはアビーのことをいろいろ想像してみました。アメリカのすてきな家でくつろぐ若《わか》い女の子。『ふたりは　ともだち』を読んで過《す》ごしています。サディードが読んだのとまったく同じ文を読み、まったく同じ絵を見ているのです。〈この子は『ひとりぼっちの不時着』を読んだかな？　絶対《ぜったい》に読むべきだよ。主人公の少年が山の中で小屋を作るところなんか、とくに気に入ると思う。ツリーハウスにそっくりだもの。〉

「今すぐ返事を書きたいな。」

アミーラの声がして、サディードはハッとわれに返りました。

「え、なに？　あ、いや――きょうはもう遅《おそ》いよ。返事は木曜までにできていればいいから、あした書こう、学校から帰ったらすぐに。」

「それじゃ、手紙に書いてあった畑を作ってみようよ。送ってくれた土で。」

「わかった。」サディーードがいいました。「紙の上に広げるぞ。」

「あたし、土をさわる二番めの人になりたい。」アミーラがいいました。

サディードは肩《かた》をすくめました。「いいよ。」けれど、本当は、穴《あな》のあいたビニール袋《ぶくろ》からポケットにこぼれてしまった土を、サディードはいくらかつまんで拾っていたのです。ですから、もうさわっています。二番めはサディードです。

サディードは長いすの上のお祈り用じゅうたんのはしに、ノートの紙を置き、土をさらさらとこぼして、小さな黒い山を作りました。アミーラが一本の指でやさしく押《お》していきました。

アミーラは顔をしかめました。「ばかみたい。畑になんか見えないわ。」

「ちょっと待て。」サディードはいいました。

サディードは封筒《ふうとう》の切れはしを拾い上げると、紙のへりを小さなブルドーザーのように使って、土を小さな真四角にならしました。まるで、パンシール峡谷《きょうこく》の斜面《しゃめん》にできた小さな畑のようです。

「ほら、目をぐっと近づけて、まわりにも畑があるって想像してみるんだ。でも、見るのはここだけ。」

アミーラは長いすの横にひざまずき、目を紙の高さまで持ってきて細めました。そうして約五秒見つめていました。

「だめ、やっぱりばかみたい。」

「じゃ、ぼくがやってみる。」

サディードは紙に顔を近づけて、土を見つめました。土のにおいがわかるほどの近さです。深くて豊《ゆた》かなにおい、とれたてのマッシュルームのようなにおいです。するとサディードの頭の中には、なんの苦もなく、イリノイの中心部にある平らな黒い畑が見えてきました。短くて茶色い髪《かみ》のほっそりした女の子が、森の中でまさにこの土をすくい上げたところも見えました。それから、袋に入れて、ポケットに入れ、家に持って帰るところも。アフガニスタンに送るために。サディードに送るために。

「どう？」アミーラが強い調子でいいました。「どんな感じ？」

サディードは頭をふりました。「おまえのいうとおりだ。ばかみたいだな。」

そういうと、サディードはノートの紙を半分に折り、もう二回折って、土がこぼれないようにきっちり包みました。

アミーラが宿題をしにいってしまうと、サディードはその平らな包みをベストのポケットに入れました。これは小さいけれど、友だちからサディードに送られてきたアメリカの一部、秘密《ひみつ》のメッセージなのです。

ばかみたいなんかじゃありません。けっして。

第18章　アフガニスタンの国旗

アミーラとサディードが、びりびりになった手紙を元の位置にもどし終わったとき、アフガニスタンでは火曜日の夜の七時半でした。

イリノイでも火曜日でしたが、時刻《じこく》は午前十時で、アビー・カーソンは国語の教室へ向かって歩いているところでした。

ベルが鳴る寸前《すんぜん》です。自分の席へ向かっていたアビーは、掲示板《けいじばん》にちらっと目をやりました。アビーは足を止め、顔をしかめ、先生のところへ行きました。「だれかが、ペンフレンドの掲示にいたずらしました。国旗がなくなっちゃったんです。」

ベルが鳴り、ベックランド先生はいいました。「今は時間がないわ、アビー、授業《じゅぎょう》が終わったらちょっと残ってちょうだい、わかった？」

アビーは席について宿題を出しました。それから四十三分間、みんなは説明文を書くときの主題をどのようにして決めるか、それから、推論《すいろん》を立て、どのように結論に導《みちび》くかについて、必死に勉強しました。あとひと月足らずでイリノイ州実力テストを受けるので、そのときのために勉強しなければならないのです。

授業が終わり、教室は空っぽになってきました。アビーは前へ行って、ベックランド先生が成績簿《せいせきぼ》に何か書き終わるのを待ちました。

先生は顔をあげ、にっこり笑っていいました。「さあ、いいわよ。話しましょう。まず初めにいっておきたいのだけれど、今から話すことはだれにもいわないではしいの。もちろん、ご両親には話してもかまわないわ。でもほかの生徒たちには、知らせないでほしい。いいかしら？」

なんだかおかしなお願いですが、アビーはうなずいていいました。「わかりました。」

先生は一瞬間《いっしゅんま》を置き、話し始めました。「国旗をはずしたのは、わたしなのよ、アビー。校長先生にいわれてはずしたの。六年生のある親から校長先生に手紙が来てね。アフガニスタンの国旗が、その子を『不快《ふかい》』にさせている、といってきたの。その親がそのことばを使ったのよ。」

アビーはまゆをひそめました。「でも、どうして……。」

ベックランド先生は片手《かたて》をあげてアビーを制《せい》しました。「校長先生への手紙には、こう書いてあったそうよ。この生徒は親に、あなたの課題のことや、アフガニスタンから来た手紙のことや、掲示板のことを話したの。そして、親と生徒がいっしょに、インターネットでアフガニスタンについて調べたんですって。国旗を見ると、旗の中にことばが書かれているのね。で、そのことばの意味を知りたくなって調べたら、じつはイスラム教で重要な意味を持つお祈《いの》りのことばだったというわけ。この親は、自分の子どもがこのことばの意味を知ったからには、公立学校の教室に貼《は》り出《だ》すべきではない、なぜなら、特定の宗教《しゅうきょう》をすすめていることになるから、と校長先生に訴《うった》えたそうよ。旗にはモスクの絵も描《か》かれているの。こういうものすべてが、その生徒にとって『不快』であり、親にとってもそうだということなの。それで、校長先生から、その国旗をはずすようにたのまれたというわけ。これが全部よ。」

しばらくしてから、アビーはたずねました。「生徒ってだれですか？」

「校長先生しか知らないの。それがいちばんいいでしょうって。」

アビーはふり返って、掲示板を見ました。掲示板の上のほうにあった旗がなくなって、ぽっかり大きな穴《あな》があいています。

アビーは本当はこういいたかったのです。「校長先生と議論はしなかったんですか？この国旗は宗教とは関係なく、課題の一部分にすぎないといってくれなかったんですか？」と。

でもそんなことをいったところで、先生の気分を害するだけでしょう。

それに正直にいえば、アビーが最初にそこに国旗を貼ったのは、空きスペースをうめるため、ただそれだけの理由だったのです。

けれども、それは以前の話。

今では、なんだかアミーラのために立ち上がらなければ！　と感じているはどなのです。もちろんサディードのためにも。

それでも、ただの旗にすぎません。ベックランド先生が困《こま》った立場に立つのならば、アビーはそんなことは望んでいません。

そこで、アビーは先生のほうに向いてにこっと笑いました。「まあ、こんなのたいしたことじゃありません。ほかの何かを貼ればいいんですから。」

ベックランド先生はうんうんとうなずきました。「村の写真がいいかもしれないわね。それか、ヒンドゥークシュ山脈か。どれでもかまわないと思うわ。」

「アフガニスタンの旗以外なら。」アビーがいいました。

「そのとおり。」先生がいいました。「旗以外ならね。」

第19章　これっきり

それからおよそ二週間後、アビーが学校から帰ると、アミーラの新しい手紙が待っていました。

親愛なるアビーへ
きょうは悲しいことをいわなければなりません。もうこれ以上、手紙を送ることができなくなりました。先生にそういわれました。先生はアビーにも、もう返事は書かないでほしいとお願いしています。両親もそのようにいっています。それは、この国にアメリカのことがすきではない人たちがいるためです。

でも、わたしはアメリカがすきです。わたしの家族もです。ほかにも、アメリカのことがすきな人はたくさんいます。そして、わたしはアビーのこともすきです。

今まで手紙を送ってくれて、とてもうれしいです。幸せです。今までの手紙は全部すきです。また手紙をやりとりできるようになるときがくることを願っています。

どうか体に気をつけて。ご家族によろしくお伝えください。

あなたの友だち
アミーラ

アビーは手紙をざっと読み、もう一度読み返しました。これは明らかにアミーラ本人が書いた手紙です――サディードの筆跡《ひっせき》ではありません。

台所のカウンターのところに立って、アビーは理解《りかい》しようとしていました。この女の子の先生が、文通をやめさせたがっている？　両親も？　それに、アメリカのことがすきじゃない人たちって、だれなんだろう？

アビーにはよく理解できませんでした。説明があまり書いてないのです。でも、それほど心配はしませんでした。きっと、この前みたいに一番めの手紙が来るはずだからです。サディードから。たぶんあした、またはあさってあたりに。サディードなら、この事態《じたい》の説明をきちんとしてくれるでしょう。それに、先生に文通をやめるようにいわれたのだとしても、どうにかしてやりとりを続ける方法を見つけられるかもしれません。もちろん、サディードがそれを望めば、ですけれど。アビーはどっちでもかまわないと思っていました。これは単に、学校の課題だったのですから。

そこで、アビーは手紙と封筒《ふうとう》のコピーを取り、つぎの日、学校へ持っていって掲示板《けいじばん》に貼《は》り出《だ》しました。

だれかがこのことに気がつくのでしょうか。アビーはだまって見ていました。

最初に気がついたのは、ベックランド先生でした。

「アビー、アミーラからもう手紙は出せないっていってきたのね、残念だわ。でも、わかるような気がするの。あの地域《ちいき》では反米感情《かんじょう》が強いというニュースを、よく耳にするから。だから、これはアミーラや家族の安全のためということでしょう。」先生は少しことばを切ってから、またいいました。「想像《そうぞう》するのはむずかしいかしらね？」

マライアも意見をいってきました。

「なに、もう文通はやめ？　だけど、今までの手紙で、成績《せいせき》アップにはじゅうぶんなんでしょ？　よかったじゃない。」

ほかに気がついた人はいないようでした。大きなアフガニスタンの国旗が、二人のアフガニスタン人のおじいさんが道ばたにすわっている写真に変わったときにも、だれも気がつかなかったように。だれも何もいってくれないからといって、アビーは怒《おこ》ったりがっかりしたりはしませんでした。どんなにおもしろい掲示板でも、一日二日たてば、ただの壁紙《かべがみ》と同じになり、だれも見向きもしなくなるものだからです。

五、六日たつと、アビーはもう一通手紙が来るだろうと期待するのはやめました。二週間もたつと、そのことについてはまったく考えなくなっていました。考えると、ちょっと悲しくなってしまうからです。

それから、壁登りにも、そんなに夢《む》中《ちゅう》ではなくなりました。四月の体育の授業《じゅぎょう》では、上まで行く簡単《かんたん》なルートをいくつかやりましたが、そのうちだんだん暑くなってきました。大きな体育館で高いところに登れば登るほど、暑くなってきます。ですから、もうあの出っ張りのあるルートには挑戦《ちょうせん》していません。あれはたいへんすぎますし、一時間めであんまり汗《あせ》びっしょりになってしまうのは、どうかと思うのです。

それに、アビーにはほかにすることがたくさんありました。学年末がもうすぐそこまで迫《せま》ってきていますし、どのテストでもBかそれ以上の成績をとらなければならないというプレッシャーがつねにのしかかって、アビーは押《お》しつぶされそうでした。いい成績をとるためにはどんなにがんばらなければならないか、今まで考えたこともありませんでした。ジル・アカマンやケンドラ・ビリングズみたいな優等生《ゆうとうせい》は、どういうわけか自動的にいい成績をとるものなんだと思ってきたのです。単純《たんじゅん》に頭がいいから、という理由で。でも、そうではないのです。

学校の勉強が忙《いそが》しくなるにつれて、倒《たお》れた木の上のツリーハウス作りは、ちっとも進まなくなりました。それに、カプールの北の丘《おか》の生活を思《おも》い浮《う》かべることもなくなりました。

それでも、五月が終わり、六月に入るころになると、自分の部屋で宿題をしているときなど、ときどき教科書やノートから顔をあげて、小さなコルクの掲示板を見上げます。そこにはサディードが描《か》いた絵が貼ってあるのです。サディードは今ごろ、アフガニスタンの地でどうしているのでしょう。もちろん、アミーラも。そして両親も。

けれど、考えるのはほとんどサディードのことばかりでした。

第20章　発表

「アビー、特別課題をクラスで発表するという仕事がまだ残っているの、忘《わす》れないでちょうだいね、だいじょうぶ？　水曜日にどうかしら？」

月曜日の朝、ベックランド先生にそういわれたアビーは、うなずいていいました。

「だいじょうぶです。」

でも、内心は、うへーっと思っていました。

ボールドリッジ小学校で過《す》ごす最後の四日間で、クラス発表はいちばんやりたくないことでした。アビーはすべてのテストにおいて、Ｂかそれ以上の成績《せいせき》をとるという約束は果たしていました。

月曜日には、六年生は学校の近くで地域奉仕《ちいきほうし》活動をしますし、火曜日にはスプリングフィールドのリンカーン博物館へバスで遠足に行きます。そして、最後の日の木曜日は野外活動で、お祭《まつ》り騒《さわ》ぎになります。楽しい週になるはずでした。

それに、またアフガニスタンのことをほじくり返したくない、というのも事実でした。アビーはそのことはすっかり忘れたことにして、考えるのをやめていたのです。手紙のことも、何もかも。

でも、発表はさけて通れません。中学生になりたいのならば、それが進級の条件《じょうけん》の一つなのですから。アビーは中学生になりたいのです。

そこで、水曜日の朝十時十五分、アビーは発表用のメモと、みんなに見せるものをいくつか持って教室の前へ行き、ベックランド先生の机《つくえ》の横に立ちました。

先生がクラスを静かにさせたあと、アビーは発表を始めました。

「アフガニスタンの一部では、生活はとても現代的《げんだいてき》です。多くの町に衛星《えいせい》テレビやインターネットが普及《ふきゅう》しています。けれど、いなかでは、電気や水道もないところがたくさんあります。ですから、アフガニスタンの子どもたちの暮《く》らしは、わたしたちとはだいぶちがいます。

アフガニスタンにはとても古い歴史があります。首都のカブールは、三千五百年以上前から栄えていました。アメリカの首都ワシントンの町ができてからの十倍以上です。」

アビーがメモを一枚《まい》めくりながらみんなを見ると、みんなはちっとも集中していませんでした。でも無理もありません。アビーだって、こんなむし暑くて息苦しい教室につめこまれているのはいやでしたから。

それで、発表メモを二枚とばしました。

「アフガニスタンの文化は、今でも過去《かこ》の歴史と深い関係があります。たとえば、ブズカシというアフガニスタンの国技《こくぎ》があります。これは、馬に乗った人たちが二チームに分かれて競《きそ》います。死んだヤギの頭を切り落とし、内臓《ないぞう》に砂《すな》をつめて重くします。

その死んだヤギが地面に置かれたら競技開始です。競技者はみんなでヤギを奪《うば》い合《あ》い、それをかかえたまま、広い競技場のはしにある柱をぐるりとまわって、反対側のはしにあるゴールに運びます。みんなでなんとかしてその死んだヤギを奪おうと、必死に戦います。競技は何日も続くことがあります。鞭《むち》やそのほかの武器《ぶき》を使って戦うので、競技中に死ぬ人も出てきます。信じられない人は、インターネットで見てください。本当にすさまじいです。」

この話はみんなの興味《きょうみ》を引きましたが、ともかくアビーは発表をちぢめて、もう最後の部分へ行こうと決めました。手紙に関するところです。最初の数行を読み、そのあとはもうメモは見ませんでした。

「掲示板《けいじばん》を見た人なら、わたしが送った手紙と、向こうから送られてきた手紙を見てくれたと思うので、そのことについては長くは話しません。その代わり、その経験《けいけん》からわたしが何を学んだかについて、話そうと思います。

正直にいうと、たいしたことは学んでいないと思います。アフガニスタンの子どもも、わたしたちと同じような気持ちになるし、似《に》ているところがたくさんあると思いました。それはべつに驚《おどろ》くようなことではありません。世界中どこの人でもみんな同じだと、いつもいわれていますよね。それは本当だと思います。

わたしがアフガニスタンの学校に手紙を送ろうと思ったのは、ばかみたいな理由からです。あの国には大きな山々があって、わたしはロッククライミングがとてもすきなので、アフガニスタンの子どもたちと文通できたら楽しいだろうなと思ったのです。荘厳《そうごん》な山々に囲まれた生活がどんなものか、教えてくれると思ったのです。

でもだんだん、アフガニスタンの人たちにとって、山はそんなにうれしいものでもないということがわかってきました。やっかいなこともあるのです。なだれも起きるし洪《こう》水《ずい》の原因《げんいん》にもなります。山岳《さんがく》地帯にばかり雨が降《ふ》り、国の大部分を占《し》める平地は、乾燥《かんそう》して農業に適《てき》しません。それから、山岳地帯では移動《いどう》がたいへん困難《こんなん》で、いろいろなところへ行けません。電線も引けません。さまざまな問題があるのです。そのうえ、山岳地帯は盗賊《とうぞく》やテロリストたちの格好《かっこう》の隠《かく》れ場所《ばしょ》となるのです。」

アビーは、家族の絵を大きく引きのばしたものをかかげました。

「この子がアミーラで、手紙をくれた女の子です。この人はお母さんのナジア。お父さんのザキール。この人はお兄さんのサディードで、この絵を描《か》いた人です。」

ここでアビーはことばを切りました。だれも知らないサディードの物語を話すには、今がいちばんいいタイミングです。サディードがアビーに秘密《ひみつ》の手紙を書いたこと。アミーラのサインがしてあった手紙のほとんどは、実際《じっさい》はサディードが書いたこと。小さな山を送ってくれたこと。アビーからはアメリカの土をほんの少し送ったこと。掲示板に貼《は》った最後のアビーの手紙は、じつは実際に送った手紙ではなく、いくつかのことを省略《しょうりゃく》していること。

けれども、目の前の退屈《たいくつ》そうな顔を見て、アビーは話すのをやめました。そういうことは、みんなに関係のないことだからです。ベックランド先生と交《か》わした約束の中にも含《ふく》まれていません。アビーの個人的《こじんてき》なことなのです。

アビーは話し出しました。「アミーラから来たいちばん新しい手紙を見た人なら知っていると思いますが、もう手紙を送ることはできない、わたしもアミーラに返事を書くのをやめてほしい、と書いてありました。それは、アメリカのことがすきではない人たちが、アフガニスタンにいるからです。もしそういう人たちが、アミーラにアメリカ人の友だちがいることを知ったら、アミーラや家族の人たちが危《あぶ》ない目にあうかもしれません。アミーラははっきりそうは書いていませんでしたが、可能性《かのうせい》はあります。アフガニスタンでは、みんながみんなアメリカのことがすきというわけではないのです。わたしが学んだことのもう一つは、人間はみんな同じでシンプルな存在《そんざい》なのに、人間をとりまく環境《かんきょう》が複雑《ふくざつ》になることがある、ということです。危険《きけん》をともなうこともあるのです。これで、わたしの発表を終わります。」

アビーはサディードが描いた家族の絵の大きなコピーをつかみ、発表メモをお尻《しり》のポケットに突《つ》っ込《こ》むと、席にもどりました。

ベックランド先生がいいました。「とてもおもしろい発表でしたよ、アビー。質問《しつもん》のある人はいますか?」

だれも手をあげません。

「はい、それでは、残りの三十分ほどを使って、ロッカーの整理をしましょう。静かにね。それからお昼を食べて、三十三分間のお昼休み。そのあと、五、六年生は講堂《こうどう》へ行って映画《えいが》を見ます。あしたは野外活動です。暑くなりそうなので、服装《ふくそう》をよく考えてね。学活のあと、十二時二十五分の早下校まで、ほとんどずっと外にいることになりますから。もうロッカーを掃除《そうじ》してしまった人は、自分の席で友だちと話をしていなさい。静かにね。」

アビーはもう火曜日にロッカーを空にしてしまったので、自分の席にいました。けれど、しばらくすると立ち上がって、教室のうしろへ行きました。

アビーは一つ一つ、ペンフレンドについての掲示物を掲示板からはがしていき、すべての紙類を、リサイクル用ごみ箱に入れました。

課題は終わったのです。

第21章　野外活動

木曜日、きょうで学校は最後です。アビーは、きょうという日を楽しむ資格《しかく》はじゅうぶんにあると感じていました。野外活動は運動会のようなもので、軽食や飲み物もただでとっていいのです。空は青く、みんな笑ったり走りまわったりしています。アビーはきょうでボールドリッジ小学校ともお別れだ、としみじみ思っていました。すばらしい夏休みが待っていますし、秋には中学生です。

アビーはほとんどマライアといっしょに行動していましたが、マライアがもう少し運動ずきだったら、もっと楽しかったのにと思っています。マライアは日かげにこしかけて、みんなのことをあれこれいうのがすきなのです。おかしな格好とか、ばかなことしてるねとか、かわいい声とか、おいしそうなにおいがするとか。最後の日だからか、マライアは携帯電話《けいたいでんわ》を持ってきていて、お昼の時間までにメールを四十通もやりとりしています。

アビーはみんなでやるゲームに参加したあとは、そのつどマライアのところへもどります。三十分に一回くらいそうしています。でも、大縄《おおなわ》のつな引きのあとは、二人でいっしょにお昼を食べることにしました。二人とも食べることが大すきだからです。

ソーセージや肉を焼いているバーベキューの行列に並《なら》んでいると、ベックランド先生が手紙を持って、まっすぐアビーのところへやってきました。

アビーの心臓《しんぞう》はドキンと打ち、二人三脚《ににんさんきゃく》をやったときよりも、鼓動《こどう》がだんだん速くなってきました。アビーは、アフガニスタンの切手がどんなものか知っていますし、先生が差し出した手紙は、まぎれもなくアフガニスタンからのものだったからです。

「ああ、アビー、見つかってよかったわ。これ、きょうあなたあてということで学校に届《とど》いたの。カブールのわたしの友人からよ。文通課題を始めるときにお世話になった先生なの。きっとあなたの文通がどうなったのか、知りたいんだと思うわ。夏休みのあいだに、お礼の手紙を出してくれるとうれしいんだけど。それはともかく、はい、これ。このあいだもいったけど、あなたは特別課題をすごくがんばったわ。ほかの科目も全部がんばったし。来年度もときどきここへ遊びにきてね。また会いたいわ。わかった？」

アビーはにっこりしました。「わかりました。いろいろ助けてくださって、ありがとうございました。」

アビーは封筒《ふうとう》を折りたたむと、ズボンのうしろポケットに入れました。がっかりしないようにしようと思ったのですが、やっぱりがっかりでした。友だちからの手紙ではなく、知らない女の人からだったのです。しかも、お礼状《れいじょう》まで書かなければならないなんて。

ベックランド先生が行ってしまうと、マライアがいいました。「あけないの？」

アビーは首をふりました。「あとで。家に帰ってから。」

「アビー。」マライアがいいました。「地球の反対側から来た手紙だよ――ねえねえ、今すぐあけて。あけて、読んで。」

アビーはポケットから封筒を引っぱり出しました。そして、マライアの手を取ると、手紙をてのひらにのせました。「はい、マライアが読んで。」

「ほんとに？」

アビーがうなずくと、マライアはピンク色をした長い爪《つめ》を、封筒のふたのはしにすべりこませて、封をあけました。そして、折りたたんだ便箋《びんせん》を取り出し、そこに黄色いメモ用紙が貼《は》り付《つ》けてあるのを見つけて、けげんそうな顔をしました。「この人、字がきたないしちっちゃい。これほんとに英語？」

「貸《か》して。」アビーはマライアから受けとって、声に出して読みました。

「『アビーへ
ババーラン村の教師《きょうし》が教育省のわたしの事務所《じむしょ》へ来ました。これをあなたに送ってほしいとのことです。生徒の一人が書いたものです。
よろしくお願いいたします。
マリーハ・タハル』」

アビーは便箋を広げて読み始めましたが、声には出しませんでした。筆跡《ひっせき》に見覚えがあったからです。サディードからでした。

アビーへ

もっと早く手紙を書くことができなくて、ごめんね。じつは村でたいへんなことが起きたのです。四月にアミーラがきみに手紙を出したけど、その前の日、ぼくがきみからの手紙を持っていたら、一人の男が、封筒に貼ってある国旗の切手を見てひどく腹《はら》を立てたのです。そして脅迫《きょうはく》してきました。

そのために、もう文通は中止と決められてしまったのです。

地区の治安部隊がやってきて、近くの山の中で戦闘《せんとう》がありました。これまでのところ、住人にけが人は出ていません。けれど、やはり手紙を書くことは許《ゆる》されていません。

ぼくの先生がカブールへ行く用事があると知ったので、ぼくからの最後の手紙を送ってくれるようにたのみました。先生は驚《おどろ》きませんでした。前にもぼくがきみに手紙を書いたことはわかっていたようです。きみの最後の手紙に、『ふたりは　ともだち』のことが書いてあったからです。二人とも同じ本を気に入っている可能性《かのうせい》が高いと思ったようです。

うれしい知らせがあります。アシフおじさんがパキスタンの出稼《でかせ》ぎ先《さき》から、山用のじょうぶなロープをもらってきました。それを、ぼくの十二歳《さい》の誕生日《たんじょうび》にくれました。ある休みの日の午後、おじさんは家の近くの岩場で、崖《がけ》になっているところに連れていってくれました。そして、ロープの一方のはしに、二つの輪を作るやり方を教えてくれました。両足を入れるのです。それから、もう一つ輪を作って体に巻《ま》きつけます。足を輪に入れてみると、きみが最初に送ってくれた写真にあるのと同じような格好になりました。それからおじさんは自分の背中《せなか》にロープを巻きつけ、ぼくに、崖から足をふみ出すようにいいました。高さは十メートル。下は岩だらけです。でも、おじさんは力が強いし、ぼくのことをかわいがってくれているのはわかっているので、思い切って足をふみ出しました。一瞬宙《いっしゅんちゅう》に浮《う》き、それから岩の壁《かべ》をうしろ向きに歩くように、下りていきました。

下の地面に着くと、おじさんは大声で、「今度は登ってこい。落ちないように気をつけといてやるから。ただ登ればいいんだ。」といいました。

それで、そうしました。いちばん上まで登りました。もうへとへとで、のどがカラカラでした。でも、しゃべりたくてしゃべりたくて、たまりませんでした。

ぼくにロープをくれたことを、おじさんは後悔《こうかい》しています。ぼくがもっと高い山に挑《ちょう》戦《せん》するのではないかと心配しているのです。ぼくはそのつもりです。ぼくにとって、山は、以前とはちがう見え方になりました。きみにいろいろ教わったおかげです。どうもありがとう。これは、ダリー語で「山」ということばです。読み方は「コー」です。

کوه

ぼくはつねに尊敬《そんけい》の念を持って、きみのことを考えています。きみはすばらしいからです。きみからの手紙は何度も読み返しています。これからもずっと大事にします。手紙はアミーラのものでもあるのですが、ぼくが読むほうが多いです。きみが送ってくれた畑の土も大事にしています。これはアミーラにはあげません。いつの日か、ぼくがアメリカを訪《おとず》れたなら、この土を返すつもりです。もし、ぼくがここで自分の土地を持つことができたなら、庭にこの土をまくつもりです。

きみの人生にたくさんの幸福が訪れますように。

いつまでもきみの友だち
サディード・バヤト

「ハンバーガーがいい？　それともホットドッグ？」
アビーは手紙を読みながら、少しずつ行列の前へ進んでいって、食べ物のテーブルのところへ来ていました。

目をぱちくりさせて見上げると、ボランティアのお母さんの顔がありました。大きなオレンジ色のTシャツを着て、ヘアネットをかぶっています。

でも、アビーは食べたくありませんでした。それより考えたかったのです。それにまわりがうるさすぎます。

「あの……また来ます……すぐに。」

「ちょっと、あたし、おなかぺこぺこなのに！」と、マライア。

「いいわよ、食べてて。ちょっとしたらまたもどるから。」

「だけど、その手紙になんて書いてあるか、聞きたいな。」

「帰りのバスでいっしょにすわればいいじゃない、ね？」アビーがいいました。「どっちみちもうすぐ早下校よ。それじゃ、あとで、バス乗り場でね。」

アビーはくるりと背を向けると、歩いて校舎《こうしゃ》へ向かいました。

南玄関《げんかん》に着くと、ボランティアの別のお母さんが、にっこりしながらいいました。

「ここはトイレに行く人だけよ。入り口を入ったらすぐにありますよ。」と、まるで子どもたちはなんにも知らないかのようです。

アビーは女子トイレへ向かって歩きました。ところがトイレは通《とお》り過《す》ぎ、五、六メートル先へ行くと肩越《かたご》しにふり返って、さっきの女の人が見ていないかたしかめました。だいじょうぶです。アビーはひょいと左側へ行き、ドアをあけ、すべりこみました。

体育館でした。

明かりは消えています。大きな空っぽの空間は外の笑い声や叫《さけ》び声《ごえ》をのみこんでいます。しんとして暑い空気。

アビーは体育館のいちばん向こうの登り壁へ、まっすぐ歩いていきました。三十歩も手前から、足用ハーネスが命綱《いのちづな》からはずれているのが見えました。命綱は床《ゆか》から三メートル上のフックに結んであります。分厚《ぶあつ》い青い衝撃吸収《しょうげききゅうしゅう》マットは、すみっこに積み重ねてあります。

アビーは用具室のドアノブをまわしてみました。かぎがかかっています。ガラス窓《まど》に顔を押《お》しつけると、棚《たな》に用具がきちんと並んでいるのが見えました――チョークバッグ、ハーネス、ヘルメット。

サディードが生まれて初めてのクライミングを、本物の岩で成功させたことを、アビーはもっと早く知りたかったと心から思いました。なぜなら、そうと聞けばアビーだって、毎日ここで体育の先生にせがんで、あのばかばかしい出《で》っ張《ぱ》りに挑戦し、成功させていたでしょうから。そしてそのことを、手紙に書いて送れたでしょうから。サディードと勝利を分かち合うために。

アビーは運動場へ走っていって、体育のインズリー先生を見つけ、引っぱってきて用具室のかぎをあけてもらい、用具を装着《そうちゃく》するのを手伝ってもらおうかと思いました。そして、アビーがあの出っ張りを越えて、上まで登るのを確認《かくにん》してほしいと。今なら絶対《ぜったい》にできそうなのです。今すぐ、一回だけ、まっすぐ上へ。

アビーは登り壁の下まで行き、出っ張りの下に立って見上げました。そして、右手を丸いこぶにのせ、左手も別のこぶをつかむと、体を持ち上げました。テニスシューズの中のつま先は、すぐに足がかりを見つけました。まるで足に小さな脳《のう》みそがあるみたいです。十五秒後、アビーは命綱が結んであるフックよりも高く登っていました。手が汗《あせ》ばんできて、こぶがつるつるしていますが、かまいません。粉があろうがなかろうが、がんばるだけです。

でも、つぎに足をかけたとき、アビーはストップしました。こんなふうに命綱をつけずに登ることは、規則違反《きそくいはん》です。まちがいなくけがをするでしょう。夏休みじゅうギプスをつけて過ごすなんて、まっぴらです。または病院のベッドで寝《ね》ているとか。または死んでしまっているとか。

そこで、登りより六倍も気をつけて、少しずつ下りていきました。

アビーは大きく息をつきながら、壁にもたれて床にすわり、ポケットからサディードの手紙を取り出しました。汗でじっとりしめっています。アビーは便箋を開いて、にこにこしながら読み返しました。最後へ来て、笑顔《えがお》が消えました。

「きみの人生にたくさんの幸福が訪れますように。」なんて、もうこれで終わりみたいな言い方です。まるで最後のさようならです。これからはアビーの進む道はこっち、ぼくの進む道はあっち、といわれているようです。

外のスピーカーから、校長先生の大きな声が聞こえてきたので、アビーは立ち上がりました。バスに乗る時間です。

学校の正面へ行くと、マライアが待っていました。座席《ざせき》にすわると、アビーはマライアに手紙をわたしました。

マライアは変な顔をしました。「何これ、しめってる？」

「汗がついたの。」と、アビー。

「うわっ、やだ！」でも、マライアはともかく手紙を開いて読み始めました。

しばらくすると、マライアはいいました。「この子から別の手紙もらった？　掲示板《けいじばん》に貼ってなかったけど。どうしていってくれなかったの？」

アビーは肩をすくめ、マライアはまた手紙にもどりました。

アビーはこのことについては、言い合いをしたくありませんでした。マライアとも、だれとも。

それで、アビーは顔をそむけ、バスの騒音《そうおん》——叫び声や話し声や笑い声——を意識《いしき》から消しました。きょうは学校最後の日というだけではないような気がしてきたのです。何かほかのことの最後の日のような気がします。アビーはバスの窓にほおをくっつけて、外の畑をながめました。

郡道沿《ぞ》いの畑は、六週間前に作付けされました。黄色いスクールバスからながめる

と、畑はアビーの前に見わたすかぎり広がっています。トウモロコシの苗《なえ》はもう二十センチの高さに育っています。豊《ゆた》かな黒い大地に、あざやかな緑の列が、何列も何列もつらなっています。

アビーは、サディードのことばを思い出そうとしていました。

サディードは手紙の中で、アビーが送った写真のトウモロコシ畑について、何かいっていました。なんていっていたんだっけ？ そうそう、思い出しました――〈神のほほえみ〉。そういっていました。

アビーは、六月の太陽に照らされて目の前に広がる畑を、生まれて初めて本気で見てみました。サディードの目を通して見たのです。

それは、まっ平らで退屈《たいくつ》なんかではありません。美しい光景でした。

訳者《やくしゃ》あとがき

アメリカの女の子と、アフガニスタンの男の子が文通することになりました。ただ、背景《はいけい》にはかなり込《こ》み入《い》った事情《じじょう》がありました。

六年生のアビーは勉強をサボっていたために、落第寸前《すんぜん》。中学へ進学するために、外国の子どもと文通し発表するという特別課題を与《あた》えられました。アビーは山がすきだからという理由で、山岳《さんがく》地帯の多いアフガニスタンを選びます。ところが、手紙を受け取ったアフガニスタンの村では大騒《おおさわ》ぎ。英語ができる優等生《ゆうとうせい》サディードが返事を書くべきだが、サディードは男の子。村の伝統《でんとう》では、男の子と女の子が文通するなんて、もってのほかです。そこで長老たちは一計を案じ……。

そのあと思わぬ展開《てんかい》になるのですが、最後には、アビーはサディードのおかげで心の目が開かれ、退屈《たいくつ》だと思っていた自分のふるさとの美点にも気がつくのです。

文中に、アフガニスタンにはアメリカをきらっている人たちがいる、という記述《きじゅつ》があります。どうしてアフガニスタンに反米感情が生まれたのか、簡単《かんたん》に歴史的背景を書いておきましょう。

アフガニスタンでは三十年以上、国内の混乱《こんらん》が続いています。そのきっかけとなったのは、東西冷戦の時代、一九七九年にソ連が突如《とつじょ》アフガニスタンに侵攻《しんこう》してきたことです。アフガニスタンのイスラム戦士たちはこれと戦い、十年後、ソ連軍は撤退《てったい》しました。

しかし、その後各地で民族間の対立が激《はげ》しくなり、アフガニスタン全土に内戦が広がりました。

そこへ、イスラム教の教えをきわめて厳格《げんかく》に解釈《かいしゃく》するタリバンという武装《ぶそう》集団が現れ、一九九六年政権《せいけん》を取ります。タリバン政権下で国内は一応安定しましたが、娯楽《ごらく》は禁止《きんし》、女性が教育を受けたり、職業《しょくぎょう》についたりすることも禁止されました。

そして二〇〇一年九月、アメリカで同時多発テロが起こると、アメリカ政府はテロを引き起こした容疑者《ようぎしゃ》をかくまっているタリバン政権に対し、攻撃《こうげき》を開始します。アフガニスタン紛争《ふんそう》の始まりです。二か月後、タリバン政権は崩壊《ほうかい》しますが、テロ組織《そしき》へのアメリカの攻撃は続き、民間人も多数犠牲《ぎせい》になったことから、反米感情が広まってしまったのです。

現在ではアメリカ軍の撤退が始まり、アフガニスタンに再《ふたた》び平和が訪《おとず》れることが望まれています。

作者のアンドリュー・クレメンツさんは、政治的な意図があってこの作品を書いたわけではないといっています。単純に、文化の異《こと》なる二つの国の生活を、できるだけ忠《ちゅう》実《じつ》に描《えが》きたかっただけだと。とはいえ、本音をいえば、読者の子どもたちに、中央アジアについて少しでも関心を持ってほしいという思いもあるとのこと。心の中ではいまだに教《きょう》師《し》なのでしょうと、クレメンツさんは語っています。

クレメンツさんは作家になる前、アビーと同じイリノイ州のシカゴ近《きん》郊《こう》で、七年間教師をしていました。その後、東部へ移《うつ》り、一九九六年にはじめての児童文学作品『合言葉はフリンドル！』を出《しゅっ》版《ぱん》して数々の賞を受け、一躍《いちやく》人気作家となりました。

今回の作品『はるかなるアフガニスタン』からは、どこの国の子どもも、子どもは子どもだという作者のあたたかいまなざしや、異なる文化を持つ国に対する敬意《けいい》が感じられます。文化は違《ちが》っても人間の本質《ほんしつ》は変わらない、ということなのでしょう。

二〇一一年三月、日本は東日本大震災《だいしんさい》に襲《おそ》われました。絶望《ぜつぼう》の淵《ふち》にいたわたしたちに、世界中から励《はげ》ましの声が届《とど》き、支援《しえん》の手がさしのべられました。震災を機に、世界の人々との「つながり」や「絆《きずな》」を実感することができました。

アフガニスタンは、日本からは遠い遠い国かもしれません。でも、世界にはいろいろな国、いろいろな文化があることを、みなさんに知ってほしいと思います。そして、いつか世界中の人々とのつながりを持ってください。まずお互《たが》いをよく知ること、それが世界平和への第一歩となるからです。

アビーとサディードの二人が、なんの障害《しょうがい》もなく、自由に会うことができる、そんな時代が早く来るといいですね。

二〇一一年一一月

田中《たなか》　奈津子《なつこ》

作者／アンドリュー・クレメンツ

1949年、アメリカ生まれ。小学校教師を経て、絵本・児童文学作家として活躍。おもな作品に『合言葉はフリンドル！』『こちら「ランドリー新聞」編集部』『ナタリーはひみつの作家』『ユーウツなつうしんぼ』『ジェイとレイ　ふたりはひとり』（以上、講談社）などがある。

訳者／田中奈津子（たなかなつこ）

東京都生まれ。東京外国語大学英米語学科卒。会社勤務の傍ら、日本翻訳専門学院で児童文学の翻訳を学ぶ。おもな作品に『合言葉はフリンドル！』『こちら「ランドリー新聞」編集部』『ナタリーはひみつの作家』『ユーウツなつうしんぼ』『お金もうけは悪いこと?!』『フリーダム・ライターズ』『ジェイとレイ　ふたりはひとり』（以上、講談社）などがある。

講談社　文学の扉

はるかなるアフガニスタン

2012年2月28日　第1刷発行
2013年4月10日　第2刷発行

著者／アンドリュー・クレメンツ
訳者／田中奈津子《たなかなつこ》

発行者／鈴木 哲
発行所／株式会社 講談社
〒112-8001　東京都文京区音羽2-12-21
電話　出版部 03-5395-3535
　　　販売部 03-5395-3625
　　　業務部 03-5395-3615
印刷所／豊国印刷株式会社
製本所／島田製本株式会社
本文データ制作／講談社デジタル製作部

N.D.C.933　204p　20cm　ISBN978-4-06-217468-8

こちら『ランドリー新聞』編集部

田中奈津子／訳

学級新聞がまきおこす大事件。さあ、カーラ、どうするの？

アンドリュー・クレメンツの本

ジェイとレイふたりはひとり!?

田中奈津子／訳

ジェイとレイは、見た目がそっくりなふたご。
そんな二人が引っ越しをして……。

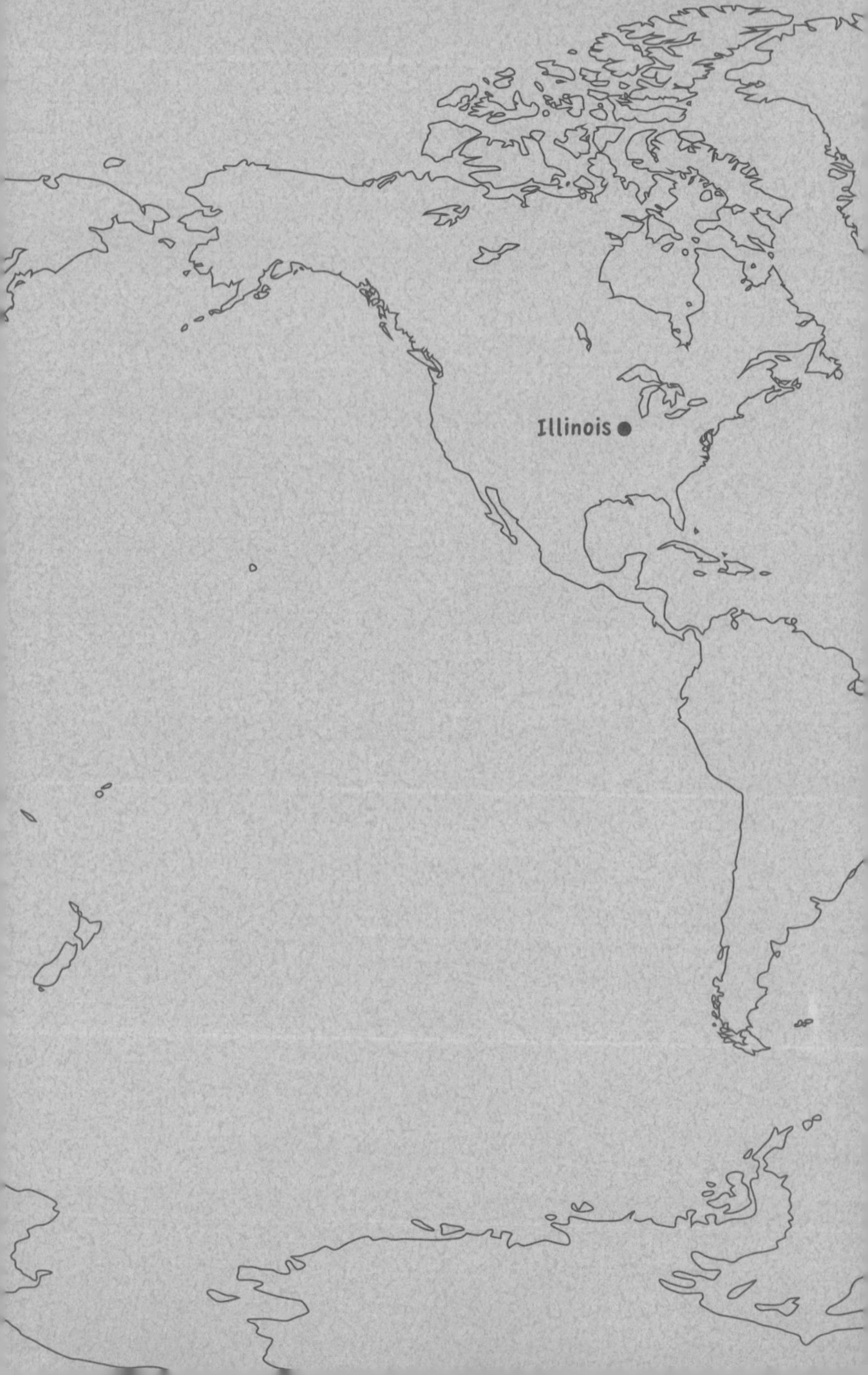
Illinois